Walter Juskiewitsch
Macchia
Roman

D1728640

Walter Juskiewitsch

Macchia

Roman

Originalausgabe
© 1999 Walter Juskiewitsch
Druck: Libri Books, Norderstedt
Printed in Germany

Daniel Perot trat aus dem überheizten Wagen auf den Bahnsteig der RER-Station Joinville-le-Pont und schüttelte sich. Es hatte wieder zu regnen begonnen, und er tastete nach seinem durchnäßten Hut. Sogar für einen Nachmittag im Dezember war es erstaunlich dunkel. Der Wind blies über das Bahngelände und ließ ihn frösteln. Er stellte den Kragen auf und strebte den Rolltreppen zu. Mit raschen Schritten verließ er den Bahnhof und eilte zur Busstation, um gerade noch zu sehen, wie der Bus die Haltestelle verließ.

Perot blickte auf seine nassen Schuhe. Der nächste Bus würde erst in zwanzig Minuten fahren. Zu gern hätte er sich in dem Bistro an der Ecke mit einem kleinen Gläschen Calvados vor einer Erkältung geschützt, doch der Besitzer hielt das Lokal über die Weihnachtstage geschlossen.

Perot war jedoch viel zu gut aufgelegt, um sich wirklich zu ärgern. Er beschloß, nicht auf den nächsten Bus zu warten, sondern das letzte Stück seines Weges zu Fuß zurückzulegen. Ein Spaziergang würde ihm guttun, außerdem war das noch immer besser, als in der Station herumzulungern, dachte er. Mit weit ausholenden Schritten eilte er hinunter zur Straße an der Marne. Nur vereinzelt begegneten ihm Passanten, versteckt unter ihren Regenschirmen. Sie hasteten vermummt an ihm vorbei und würdigten ihn keines Blickes. Er unterquerte die Autobahn und verwünschte alsbald seine Entscheidung, nicht auf den Bus zu warten. Auf der leicht abgesenkten Straße hatten sich riesige Pfützen gebildet, die er durchwaten mußte, um seinen Weg fortsetzen zu können. Die großen Tragtaschen wurden mit jedem Schritt schwerer und der Regen lief von der Hutkrempe in den Hemdkragen. Die Hosen waren bis zu den Knien durchnäßt. So marschierte er mit quatschenden Schuhen an den vielen kleinen Häusern vorbei. Einige davon waren dicht verrammelt; in der Weihnachtszeit trieb es die Bewohner aufs Land in den Schoß der Familie.

Endlich stand er vor dem kleinen Gartentor. Vorsichtig stellte er die Plastiktaschen auf einer leidlich trockenen Stelle ab und wühlte in den Manteltaschen nach dem Hausschlüssel. Doch plötzlich surrte der elektrische Öffner, und die Tür sprang auf. Perot schnappte die Taschen und lief bei immer stärker werdendem Regen durch den Garten auf das Haus zu. Die Tür öffnete sich und er konnte die Silhouette von Jacqueline erkennen. Sie trat rasch beiseite, als er in das Vorzimmer stürmte. Jacqueline warf die Tür hinter ihm zu.

„Bin ich froh, daß du schon da bist!", sagte Perot mit schwerem Atem und ließ die Taschen fallen. „Noch zehn Sekunden Schlüssel suchen, und der Regen hätte mich aufgelöst. Danke, mein Schatz."

Er umfaßte sie in seinen nassen Sachen und küßte sie auf den Mund. Sie quietschte leise und hüpfte einen Schritt zurück, als sich ein kleiner Bach von der Hutkrempe auf ihre Stirn ergoß.

Sie lachte ihn an. „Zieh' doch zuerst den Mantel aus. Und die Schuhe, oder was davon noch übrig ist."

Perot schaute sie an, während er sich seiner nassen Bekleidung entledigte. Sein Blick streifte über ihre tadellose Figur. Für den heutigen Abend unter Freunden hatte sie sich für eine helle Jean und einen bequemen, dunklen Pullover entschieden. Ihre Füße steckten in den weichen Hausschuhen, die er ihr vor zwei Wochen aus Kanada mitgebracht hatte. Sie war nur ganz leicht geschminkt, gerade genug, um die markanten Züge ihres Gesichts und die großen, grünen Augen zu betonen.

Er trat in das Wohnzimmer. Perot liebte helles Holz und hatte sich bei der Einrichtung des Zimmers für nordisches Design entschieden. Auf dem hellen Parkettboden waren dicke, bunte Teppiche ausgebreitet. Eine Seite des Raumes wurde durch einen großen Bücherschrank bestimmt. In der Mitte befand sich eine bequeme, niedrige Sitzgarnitur mit weichen Polstern, überzogen mit groben, dänischen Leinenstoffen. Vor dem Sitzplatz stand ein großer Kamin aus Gußeisen mit offener Feuerstelle, in dem einige Holzscheite brannten. Die Wände waren fast vollständig mit zahllosen Fotos in Weichholzrahmen bedeckt. Es war wohlig warm und duftete nach Patchouly. In einer Ecke des Raumes stand ein großer, vielarmiger Ständer mit dicken Kerzen, die alle entzündet waren.

In der anderen Ecke befand sich Perot's technische Spielwiese: Ein großformatiges Fernsehgerät, verbunden mit einigen anderen Geräten und eine klobige Stereoanlage hatten dort ihren Platz. Davor stand ein sehr alter Ohrenfauteuil mit Lederbezug, in dem sich Perot an einsamen Abenden dem Musikgenuß hingab. Auf einer Seite stand ein großer, schwerer Eßtisch mit sechs Sesseln. Jacqueline hatte das Raumlicht gedämpft und eine Platte mit Gregorianischen Chorälen aufgelegt. Der Raum strahlte tiefe Gemütlichkeit aus.

„Wie lange bist du denn schon hier?", fragte er.

„Ich bin schon seit drei Stunden hier. Aber warum kommst *du* erst jetzt?"

„Futtersuche." Er schüttelte den Kopf und die Tropfen flogen von seinen Haaren. „Ich habe so lange gebraucht, um die Austern zu bekommen. Henry hatte mir versprochen, sie pünktlich zu liefern, aber er hat mich versetzt." Er wandte sich in Richtung Badezimmer. „Ich glaube, ich gehe noch rasch duschen."

„Na, dann hättest du doch irgendwelche anderen Austern nehmen können?"

„Irgendwelche andere Austern?" Perot lachte. „Du weißt doch, daß Patrick bei Austern sehr wählerisch ist. Und er liebt Marennes Nummer Zwei nun einmal über alles. Bei Braquet habe ich sie dann bekommen." Perot öffnete einen Schrank und nahm Handtücher und einen Bademantel heraus. „Bitte, Jacqueline, würdest du uns in der Zwischenzeit etwas Tee machen?"

„Natürlich", sagte sie und ging zur Küche. „Wenn du kommst, ist er fertig."

Perot brummte zufrieden und stieg unter die Dusche. Während er den Strahl des warmen Wassers auf seiner kalten Haut genoß, ging er im Kopf noch einmal den Plan für den Abend durch.

Wie jedes Jahr ein paar Tage vor dem Heiligen Abend würde in seinem Haus ein Treffen mit seinem Freund Patrick Lacour stattfinden. Mittelpunkt des Treffens war ein von Perot vorbereitetes Abendessen. Lacour hatte vor Jahren dem Treffen den wenig schmeichelhaften Namen *Das große Fressen* verliehen. Und obwohl das Treffen nichts mit den Orgien in Marco Ferreri's Film *La grande bouffe* gemein hatte, konnte sich die Bezeichnung gegen den anfänglichen Widerstand Perot's halten.

Das große Fressen war für die alten Freunde immer etwas Besonderes. Zum ersten Mal fand dieses Treffen bereits zur Weihnacht des Jahres 1975 statt. In diesem Jahr erstellte der sehr junge, unbekannte Journalist Perot für eine Provinzzeitung einen Artikel über die Rolle der französischen Fremdenlegion in der aktuellen Sicherheitsdebatte. Auf der Suche nach brauchbarem Bildmaterial stieß er auf die Bilder des ebenso unbekannten Pressefotografen Patrick Lacour, der phantastische Fotos über den Einsatz der Fremdenlegion im Kongo gemacht hatte. Perot suchte Lacour auf und bat ihn um seine Mithilfe und Unterstützung. Lacour hatte aus privatem Interesse umfangreiches Material über die Legion gesammelt, das er Perot für seine Recherche zur Verfügung stellte. Der reichlich exzentrische Lacour, der als seltsamer Einzelgänger galt, fand Gefallen an dem jungen, unerfahrenen Perot, der den Geschichten wie der Hund dem Knochen nachlief und sich dabei laufend einen blutigen Kopf holte. Es war der Beginn einer langen Freundschaft.

Am 23. Oktober 1983 lieferte Lacour dann die Bilder, die ihn über Nacht berühmt machten: An diesem Tag starben zweihundertdreiundvierzig US-Marines, als ein von Islamisten gesteuerter und mit Sprengstoff beladener Lastwagen vor ihrer Unterkunft nahe dem Beiruter Flughafen explodierte. Lacour war nur wenige hundert Meter entfernt und machte Aufnahmen, welche die Welt schockierten. Sofort danach begab sich Lacour, einer plötzlichen Eingabe folgend, zum Quartier der französischen Soldaten, als auch dort eine Autobombe explodierte. Achtundfünfzig Menschen fanden den Tod. Lacour's Bilder gingen um die Welt. Seit dieser Zeit rissen sich die Agenturen um seine sensationellen Fotos, und Lacour war auf vielen Krisenschauplätzen in vorderster Front zu finden. Dabei geriet er auch mehrmals in Gefangenschaft oder

Geiselhaft, tauchte aber plötzlich unversehrt und mit atemberaubenden Bildern wieder auf.

Bekannt wurde Lacour jedoch auch mit seinen genialen Bildkunstwerken, die schöne Frauen in den Trümmern dieser Welt zeigten; erschreckende Fotos von engelsgleichen Wesen inmitten von Leid und Tod, in von wahren Teufeln beherrschten Regionen. Diese Bilder erzielten Höchstpreise, obwohl sich Lacour ständig lauthals beklagte, daß niemand die Botschaft verstand oder verstehen wollte.

Auf jeden Fall hatte Lacour seine finanzielle Unabhängigkeit erreicht und konnte sich seine Verrücktheiten leisten, was er auch ausgiebig tat. Er war für die Branche zu einem *enfant terrible* geworden. Und er war der beste Freund von Daniel Perot, in dessen Haus auch dieses Jahr das traditionelle Essen stattfinden sollte.

Früher gab es ein ungeschriebenes Gesetz für das *große Fressen*: kein Zutritt für Frauen. Doch als vor drei Jahren Jacqueline Bertin in Perot's Leben trat, kam alles ganz anders.

Perot, kein Kind von Traurigkeit, war wie vom Donner gerührt, als er sie zum ersten Mal in der Metrostation Bastille sah. Er war gerade von Lacour's Wohnung gekommen, die sich in der Rue de la Roquette befand. Perot, der immer geglaubt hatte, ihn könnte nichts mehr überraschen, war von Jacqueline derart begeistert, daß er sie wie ein Anfänger mit offenem Mund angaffte. Bevor die Situation peinlich werden konnte, kam die Metro, und Jacqueline stieg in einen Wagen ein. Er wollte ihr folgen, fand aber wegen der vielen Fahrgäste auf der gleichen Plattform keinen Platz mehr. Rasch stieg er in den nächsten Wagen und versuchte, sie nicht aus den Augen zu verlieren.

Als sie dann in der Station Nation die Linie 1 verließ um in einen Zug der RER umzusteigen, folgte er ihr und nützte die Gelegenheit ausgiebig, sie zu bewundern.

Jacqueline war groß und sehr schlank, hatte dichtes, braunes, gewelltes, langes Haar und grüne Augen. Die griechische Nase verlieh ihr ein klassisches Profil. Perot bemerkte ihre langen, schlanken Hände. Das zarte Make Up unterstrich ihr markantes, ernstes Gesicht. In ihren großen Augen ruhte das gewisse Etwas. Ihre Garderobe in grün und braun sah teuer aus und wirkte für eine junge Frau etwas zu ruhig.

Perot war höchst angetan und geriet ins Träumen. Gerade überlegte er, wie er sie wohl ansprechen könnte – da war sie auch schon verschwunden.

Da habe ich sie gerade für zwei Sekunden aus den Augen gelassen, und schon ist sie weg! dachte er unglücklich. Es war doch gar kein Zug gekommen?

Er lief den Bahnsteig entlang – ohne Erfolg. Langsam wanderte er durch die weitläufige Anlage, aber sie blieb verschwunden.

Bedrückt kehrte er nach einiger Zeit in sein Haus zurück, um seine Wunden zu lecken. Perot, der sich nach zahlreichen Affären für abgebrüht hielt, kämpfte mit der Tatsache, daß er sich wirklich verliebt hatte. Er tröstete sich mit einer Flasche Chateau Camensac und versuchte, die Frau, die er ja eigentlich nur ein paar Minuten gesehen hatte, wieder zu vergessen.

Doch auch in den nächsten Tagen ließ ihn die Erinnerung an Jacqueline nicht los. Er bemerkte seine Unruhe und die Unfähigkeit, sich auf seine Arbeit zu konzentrieren. Er wartete jeden Tag zur gleichen Stunde in der Station Bastille und fuhr immer wieder zum Knoten Nation. Doch Jacqueline war und blieb verschwunden.

„Du hörst mir doch gar nicht zu!" Ihre Stimme holte Perot zurück in die Wirklichkeit.

Er schluckte versehentlich etwas Wasser und hustete. „Entschuldige, ich habe geträumt. Was hast du gesagt?" Er schob die Duschtür etwas auf die Seite und sah sie an.

„Ich habe dich gefragt, ob du eine Kleinigkeit zum Tee haben willst."

Sie sah ihn mit ihren großen, ernsten Augen an. Es war der Blick, dem Perot nicht widerstehen konnte; und es war der gleiche

Blick mit dem sie ihn ansah, als sie einander wieder begegneten. Der Blick einer jungen Frau, die durch ihr Schicksal sehr stark geworden war.

„Nein, danke, Jacqueline. Ich werde heute noch genug essen."

Noch immer dieser Blick.

„Ist gut", sagte sie, drehte sich um und verließ langsam den Raum.

Perot sah ihr zuerst nach und schloß dann nachdenklich die Duschtür. Unter dem heißen Wasserstrahl kehrte die Erinnerung an jenen herrlichen Tag zurück.

Es war bereits am siebten Tag, nachdem Perot Jacqueline das erste Mal gesehen hatte. Er lungerte seit einer dreiviertel Stunde in der Metrostation Bastille herum. Wohl schon zum hundertsten Mal betrachtete er die Darstellungen des Sturmes auf die Bastille an den Wänden, oder er schaute durch die Fenster auf die kleinen Hafenanlagen hinab.

Da konnte er sie plötzlich sehen.

Jacqueline kam mit eleganten Schritten langsam die Treppe zum Bahnsteig herauf. Sie trug ein knielanges, rotes Kleid, das metallisch schimmerte. Die hochhackigen Schuhe und die kleine Umhängetasche hatten den gleichen Farbton. Über einen Arm lag eine leichte Jacke. Ihr volles Haar glänzte im Licht. Das perfekte Make Up betonte ihr ernstes Gesicht. Für Sekundenbruchteile kreuzten sich ihre Blicke.

Perot hätte vor Freude singen können. Hastig versuchte er, den Plan, den er sich für diesen Fall zurechtgelegt hatte, aus seinem Gehirn hervorzukramen, aber es fiel ihm nichts mehr ein.

Neben Jacqueline ging ein Mann im hellbeigen Anzug und dunkelblauem Hemd. Zuerst hatte Perot ihn für einen Passanten gehalten, aber jetzt berührte der Mann mehrmals Jacqueline's Arm und sprach auf sie ein. Sie blieben stehen und Jacqueline sagte irgend etwas zu dem Mann. Dann gingen sie weiter, an Perot vorbei.

Das Lächeln war aus Perot's Gesicht verschwunden. Wie ein Blitz hatte ihn die Erkenntnis getroffen, daß eine Frau wie diese nicht unbedingt allein sein mußte. Geknickt schlich er dem Paar nach.

Jacqueline und ihr Begleiter hatten inzwischen das Ende des Bahnsteigs erreicht und waren stehengeblieben. Jetzt sprach der Mann; zwischendurch lachte er. Im Gesicht der Frau zeigte sich keine Regung. Zuerst hoffte Perot, daß der Mann vielleicht nur ein entfernter Bekannter, ein Arbeitskollege vielleicht, sei, aber dann sah er, daß der Mann Jacqueline immer wieder an der Schulter berührte. Zu oft für Perot's Geschmack, zu oft für eine Bekanntschaft ohne nähere Verbindung. Perot, der sich einbildete, etwas von Körpersprache zu verstehen, schloß jedoch aus der Haltung der Frau, daß sie die Signale des Mannes nicht erwiderte.

Der Mann drehte Perot jetzt den Rücken zu und redete verstärkt auf Jacqueline ein. Dabei gestikulierte er wild mit den Armen. Jacqueline blickte über die Schulter ihres Begleiters direkt in Perot's Augen. Perot drehte sich hastig um, verschämt wie ein Schuljunge, der beim Schwätzen ertappt worden war. Jacqueline sagte etwas, aber Perot konnte nichts verstehen. Zum ersten Mal jedoch hörte er ihre Stimme. Die Stimmlage war etwas tiefer, als er erwartet hatte, und der Klang entzückte ihn.

Perot rief sich zur Vernunft, um gleich darauf festzustellen, daß das sinnlos war.

Die Metro rauschte in die Station. Jacqueline und ihr Begleiter stiegen auf die erste Plattform, Perot nahm die zweite. Kaum war der Zug wieder angefahren, bahnte er sich einen Weg durch den Mittelgang zur ersten Plattform. Jacqueline lehnte nahe der Tür an der Wand und sah ins Wageninnere, der Mann stand vor ihr und hielt sich an der Mittelstange fest.

Perot stellte sich in die andere Ecke, so daß ihn der Rivale im Rücken hatte, er aber die Frau beobachten konnte.

Der Mann sagte: „Ich verstehe dich nicht, Jacqueline. Alle kommen am Samstag mit. Du bist die Einzige, die sich weigert. Es wird doch ganz toll, und du kennst mich doch. Wo ich dabei bin, ist immer was los."

Dankbar registrierte Perot den Namen der Geliebten.

„Ich habe dir schon gesagt, Eric, daß ich kein Interesse habe", antwortete Jacqueline.

„Ich kann nicht verstehen, was du dir einbildest. Glaubst du vielleicht, du bist etwas Besonderes?", gab Eric zurück. „Du kannst mir glauben, es war nicht ganz einfach, dich in die Clique hineinzubringen. Manche waren zuerst nicht einverstanden und vertraten die Meinung, du paßt nicht zu uns. Es gab einige Widerstände. Du könntest dich etwas dankbarer zeigen."

„Wie dankbar? Vielleicht jedem Einzelnen?", zischte sie und blickte Eric zornig an. „Du hast nie verstehen können, daß ich nicht gleich jedem um den Hals fallen möchte. Und ich wollte mich auch nie in die Gruppe drängen. Ich wollte dich nur nicht enttäuschen. Aber dann habe ich schnell gemerkt, daß es dir nur um mich gegangen ist."

„Natürlich ist es mir nur um dich gegangen! Was glaubst denn du?" Er senkte die Stimme. „Wir wären doch ein tolles Paar." Eric legte seine Hand auf die Schulter von Jacqueline. Perot wäre am liebsten auf ihn zugegangen und hätte ihn zu Boden geschlagen.

Jacqueline schüttelte die Hand ab. „Nein, danke!", sagte sie schnippisch.

„Du hast es mir nicht leicht gemacht. Warum mißbrauchst du meine Gefühle?"

„*Ich* mißbrauche *deine* Gefühle? *Du* hast mir immer nachgestellt, obwohl ich dir nie Hoffnungen gemacht habe. Ich kann dein Macho-Gehabe nicht ausstehen. Es ist mir auch sehr unangenehm, daß du überall erzählst, ich wäre deine Freundin. Bitte, Eric, ich wäre dir sehr dankbar, wenn du mich endlich in Ruhe lassen würdest."

Eric packte Jacqueline am Handgelenk, so daß sie erschreckt aufblickte. „Also, das ist doch eine Unverschämtheit. Jede andere reißt sich um mich, und du blöde Kuh glaubst ..."

13

Perot tat etwas, was er in seinem ganzen Leben noch nicht getan hatte. Er war zu Eric getreten und hatte ihm die Hand auf die Schulter gelegt. Dieser drehte sich um und starrte Perot ins Gesicht.

„Was wollen Sie?", blaffte er.

„Ich glaube, es ist genug", sagte Perot ruhig, „lassen Sie die Frau in Ruhe."

Eric baute sich vor Perot in seiner vollen Größe auf.

„Erstens geht Sie das überhaupt nichts an, und zweitens nehmen Sie gefälligst Ihre dreckigen Pfoten von mir."

Perot erkannte sich selbst nicht mehr. „Greifen Sie lieber die Frau nicht an, und außerdem gefällt es mir nicht, wie Sie mit ihr reden."

„Wohl lebensmüde, was?", sagte Eric und schob Perot mit einer Hand von sich weg. Perot stolperte in seine Ecke und konnte sich erst im letzten Moment fangen.

Plötzlich stand Jacqueline neben Perot und schenkte ihm ihren schönsten Blick, eben *den* berühmten Blick. Perot schmolz dahin.

„Ich danke Ihnen", hauchte sie, „aber es ist schon in Ordnung."

Perot lächelte glücklich, aber das dürfte Eric erst richtig in Fahrt gebracht haben.

„Pfoten weg von ihr!", rief er und schlug Perot mit der flachen Hand auf die Nase.

Der fiel wie ein Stück Holz zu Boden. Er spürte, wie ihm das Blut aus der Nase schoß. In diesem Moment erreichte die Metro die nächste Station. Als die Türen aufgingen, trat Eric auf den Bahnsteig.

„Ach, mach doch was du willst. Nimm dir doch diesen Idioten, wenn du glaubst, daß der besser ist. Ich habe jetzt endgültig die Nase voll von dir. Schade um die Zeit. Aber komm ja nicht wieder angekrochen!", rief er Jacqueline zu, die neben Perot hockte und in ihrer Handtasche aufgeregt nach einem Taschentuch suchte.

Die Türen schlossen sich zischend und der Zug fuhr wieder an. Eine ältere Dame trat zu Jacqueline und reichte ihr eine Packung Papiertaschentücher.

Sie blickte Perot an und sagte zu Jacqueline: „Es ist doch nicht schlimm?"

„Ich hoffe nicht", antwortete sie besorgt.

„Es ist alles in Ordnung", brabbelte Perot, der noch benommen auf die Füße kam. Er wollte die Taschentücher aus Jacqueline's Hand nehmen, aber sie führte ein Tuch vorsichtig an seine blutende Nase.

Er zuckte kurz zurück, aber es war nicht so schlimm.

„Hoffentlich nicht gebrochen", sagte Jacqueline, die jetzt etwas Parfum auf das Taschentuch tröpfelte und an seine Nase hielt.

Perot atmete den Duft gierig ein und tastete das Nasenbein ab. „Nein, ich glaube nicht."

Jacqueline blickte ihn mit ihren unglaublichen Augen an. „Danke für Ihre Hilfe. Aber das war sehr leichtsinnig von Ihnen."

Perot sah sie über den Rand des Taschentuchs an. „Bitte, gehen Sie nicht weg", sagte er zu ihr.

„Nein." Sie lächelte. „Ich gehe nicht weg."

Perot drehte das Wasser ab und stieg aus der Dusche. Er schlüpfte in den Bademantel und trocknete mit einem Handtuch die Haare. Als er in das Wohnzimmer trat, saß Jacqueline auf einem Sitzpolster bei dem kleinen Tischchen neben dem Kamin.

„Du kommst gerade rechtzeitig", sagte sie und füllte aus der Kanne Tee in die Tassen.

Er nahm ihr gegenüber auf einem zweiten Sitzpolster Platz. Das Feuer prasselte im offenen Kamin und zeichnete bizarre Schatten an die Wände. Perot atmete durch, griff nach seinem Tee und machte vorsichtig einen Schluck. Er stellte die Tasse ab und sah Jacqueline tief in die Augen.

Ohne eine Miene zu verziehen sagte sie: „Oh nein, Daniel. Ich möchte auch, aber du hast nur mehr drei Stunden, bis Patrick kommt. Die Küche ruft nach ihrem Meister!"

Ertappt wollte Perot zuerst schmollen, aber er konnte sich ihrer Erotik nicht entziehen. Er ergriff ihre Hand und küßte zärtlich ihre Fingerspitzen.

„Ich liebe dich. Ich liebe dich wirklich", sagte er.

„Ich weiß", sagte sie nur und schwieg. Im Hintergrund sangen die Geistlichen des *Coro de los Monjes Benedictinos* ihr ergreifendes *Ave Plena Gratiae*. Die Luft knisterte. Jacqueline sprang unvermittelt auf.

„Koche für mich!", sagte sie in einem verschwörerischen Ton und lachte dann. „Komm, Daniel. Sei nicht traurig. Ich bleibe heute Nacht bei dir. Jetzt zieh dich um und dann ab in die Küche. Ich weiß doch wie du bist, wenn dir beim Kochen die Zeit knapp wird!"

Oh, ja! dachte er. Wenn er in der Küche stand, brauchte er Zeit. War diese knapp, wurde er hektisch und dann war mit ihm nicht gut Kirschen essen. Obwohl er sich schon viele Male bei Jacqueline entschuldigt hatte, litt er bis heute darunter, daß auch sie einmal Opfer dieses unguten Charakterzuges geworden war. Im Streß hatte er sie angefahren und ihr eine ausgesprochene Gemeinheit an den Kopf geworfen. Sie hatte ihn aber nur mit ihren großen Augen traurig angesehen. Er hatte sein Unrecht sofort eingesehen und sie um Verzeihung gebeten, aber geschehen war geschehen.

„Du hast recht." Er trank den Tee aus und stand ebenfalls auf.

Sie trat auf ihn zu und legte ihre Arme um seinen Nacken. Sie küßte ihn leidenschaftlich.

Er drückte sie fest an sich. „Komm, mein Liebes. Bereiten wir alles vor."

Sie nickte. Er küßte sie auf die Stirn und schob sie sanft von sich. Während Jacqueline begann, den Eßtisch zu dekorieren, schlüpfte Perot in einen weichen Hausanzug und ging in die Küche.

Die Speisenfolge stand schon seit Wochen fest. Als Vorspeise würden die Austern serviert werden. Patrick war verrückt nach Marennes Nummer Zwei, die allerdings zu gewissen Zeiten schwer zu bekommen waren, wie Perot heute leidvoll erfahren hatte. Den Austern würde eine Auswahl an kleinen, frittierten Fischen mit verschiedenen Salaten folgen.

Den Höhepunkt des Abendessens stellte aber die Lammkeule dar. Perot hatte sich für eine Zubereitungsart entschieden, die er von seiner Großmutter, die aus einem Dorf in der Nähe von Caen stammte, gelernt hatte. Dort verwendete man das Fleisch von Lämmern, welche die salzhaltigen Wiesen an den Stränden des Kanals abweideten. Das Fleisch ist als besonders zart und aromatisch berühmt. Perot's Großmutter ließ sich außerdem zwei Tage Zeit, eine Lammkeule zuzubereiten – das Ergebnis war köstlich.

Perot hatte also am Vortag die Keule – sie stammte von einem Lamm aus der Gegend um Le Mont Saint Michel, wie ihm sein Lieferant eifrig versichert hatte – völlig vom Fett befreit und zuerst einmal im heißen Ofen von allen Seiten richtig scharf angebraten. Dann ließ er das Stück Fleisch bei etwas geringerer Temperatur – nicht ohne immer wieder etwas Bouillon anzugießen – noch etwa zweieinhalb Stunden braten. Danach drehte er das Gas ab und ließ die Keule über Nacht im Ofen. Jetzt heizte er das Backrohr wieder an, schnitt verschiedene Gemüse und gab sie dem Fleisch bei. In etwa zweieinhalb Stunden würde er den Bratensaft entfetten und passieren können und mit Hilfe eines Fonds eine feine Sauce zubereiten. Perot galt unter seinen Freunden als Meister der Saucen.

Er arbeitete professionell und konzentriert. Er bemerkte nicht, daß Jacqueline mehrmals in die Küche trat und ihn aufmerksam musterte.

Für die Nachspeise hatte Perot eine Creme Caramel ausgewählt. Diese an sich feine Süßspeise ist zwar durch die massenweise, industrielle Herstellung zur Belanglosigkeit verkommen. Aber

Perot wußte, daß die Herstellung einer wirklich guten Creme Caramel beileibe keine Kleinigkeit war, und seine Gäste gaben ihm immer begeistert recht.

Nach einiger Zeit entledigte sich Perot seiner Schürze und warf einen prüfenden Rundblick durch die Küche. Der Ofen wummerte, und in den Töpfen schmurgelten die Köstlichkeiten. Perot war zufrieden.

Etwas ermattet ging er ins Wohnzimmer und bewunderte den weihnachtlich dekorierten Eßtisch. Jacqueline hatte ganze Arbeit geleistet.

Sie trat zu ihm. „Du hast mir noch nicht gesagt, welchen Wein du zur Nachspeise servieren willst. Ich konnte noch keine Gläser aufstellen."

Perot überlegte kurz. Er hatte immer bedauert, daß das Haus über keinen brauchbaren Keller für die Lagerung von Wein verfügte. Wie die meisten neuen Bauten waren die Keller zu trocken und vor allem zu warm. Daher hatte er sich vor einigen Jahren einige spezielle Kühlschränke besorgt, die für jeden Wein das besondere Klima schaffen sollten. Perot betrachtete dies aber trotzdem nur als Notlösung. Doch welcher Wein zum Dessert? Trotz großer Auswahl wollte ihm so recht nichts einfallen.

„Du weißt, Patrick ist kein Freund süßer Weine. Ich würde sagen, wir beide trinken vielleicht etwas Sauternes, und Patrick lassen wir selbst entscheiden. Und dann gleich einen Espresso, einverstanden?"

„Ja, das ist gut", erwiderte sie und ging zum Schrank um die passenden Gläser zu holen. Sie plazierte sie auf dem Tisch und musterte das Arrangement nochmals mit kritischem Blick. Mit dem Ergebnis zufrieden, ging sie zu einem kleinen, niederen Schrank und nahm eine Flasche Wein, die dort abgestellt war.

Sie prüfte mit der Hand die Temperatur der Flasche, die bereits seit einiger Zeit geöffnet war. „Und jetzt, eine kleine Belohnung für den Koch", sagte sie, und füllte zwei Gläser je zur Hälfte.

Sie reichte Perot ein Glas, dämpfte das Licht und ließ sich zu seinen Füßen nieder. Leise spielten im Hintergrund *Accordone* ihre *Variationen zum Thema Liebe*. Perot trank einen Schluck Wein und streichelte Jacqueline's Haar. Er sah auf sie hinab und musterte die Art, wie sie zu seinen Füßen kauerte. Wieder einmal stellte er verwundert fest, daß diese Frau nicht sprechen mußte, um viel zu sagen. Es war genauso wie damals.

Rund um die Place de la Bastille fanden sich zahlreiche Lokale; das ganze Viertel hatte einen steilen Aufstieg genommen, seit sich hier die neue Opéra de Bastille Paris befand. Ein totgeglaubter Teil der Stadt konnte durch das waghalsige, aber letztendlich gelungene Projekt eines neuen Opernhauses wieder zum Leben erweckt werden. Heute war der Platz wieder ein Treffpunkt für Jung und Alt, und der ganze Stadtteil eines der Zentren für Kunst und Kultur in Paris.

Perot saß im Café *Niki* und fieberte seinem ersten Treffen mit Jacqueline nach dem Abenteuer in der Metro entgegen. Er, der sonst kaum Bier trank, war schon beim dritten Glas Mützig Old Lager angelangt. Es war schon zwanzig Minuten über die Zeit, und insgeheim fürchtete er, daß sich sein Traum in Nichts auflösen könnte.

Nach der Geschichte in der Metro waren sie noch auf einen Kaffee gegangen, doch Perot hatte gespürt, daß sich Jacqueline zurückziehen wollte. Er bat sie um ein neues Treffen, und sie hatte zugestimmt. Dann war sie gegangen, nicht ohne ihm noch einen ihrer wunderschönen Blicke zu schenken.

Und nun saß er hier, ausgerechnet beim Bier, und sie war nicht gekommen. Mit jeder verstrichenen Minute sank seine Stimmung. Aber er würde nicht aufgeben. Er würde wieder jeden Tag in der Metrostation stehen und auf sie warten.

Plötzlich berührte ihn jemand an der Schulter. Perot fuhr erschrocken herum.

„Oh, bitte, ich wollte Sie nicht erschrecken", sagte Jacqueline und lächelte Perot entwaffnend an. „Verzeihen Sie meine Unpünktlichkeit. Ich habe mich beeilt, aber ich habe es nicht geschafft. Darf ich mich setzen?" Sie deutete auf den Platz neben ihm.

Perot sprang so zackig auf, daß sein Sessel fast umfiel. „Aber – da – bitte – nehmen Sie doch Platz", stammelte er. „Darf ich Ihnen den Mantel abnehmen?"

„Sonst gerne", antwortete sie, „aber heute habe ich gar keinen an!" Sie lachte.

Perot schlug sich an die Stirn. „Bitte verzeihen Sie. Nehmen Sie Platz. Was möchten Sie gerne trinken?"

„Am liebsten einen Pastis", antwortete sie zu seiner Überraschung. Eifrig wedelte er dem Kellner und bestellte das Gewünschte.

Jetzt betrachtete er Jacqueline. Sie war eine wahre Pracht. Diesmal trug sie einen sehr kurzen, dunklen Rock, der den Blick auf ihre makellos geformten Beine lenkte. Eine geschmackvolle, helle, kurzärmelige Bluse mit einem kleinen Tuch und eine kleine Tasche ohne Träger vervollständigten das Ensemble. Ihre Füße steckten in den derzeit so modernen Schuhen mit den hohen Plateausohlen. Wieder trug sie ein perfektes Make Up. Das Haar war voll und leicht und glänzte im Licht. Sie machte den Eindruck, als käme sie geradewegs aus dem Schönheitssalon.

Jacqueline bemerkte seine Blicke und fühlte sich geschmeichelt. Sie hatte sich also nicht umsonst für ihn besonders schön gemacht.

Sie versuchte, das Gespräch in Gang zu bringen. „Bitte seien Sie nicht böse. Es tut mir leid, daß ich mich verspätet habe."

Perot war so glücklich, daß er nur glucksende Laute von sich geben konnte.

Sie beugte sich besorgt nach vorne. „Geht es Ihnen nicht gut? Was ist mit Ihrer Nase? Haben Sie sich untersuchen lassen?"

„Aber nein, es ist doch alles in Ordnung", sagte Perot mit rauher Stimme. „So schnell wirft mich das nicht um."

„Dafür sind Sie aber ganz schön am Boden gelegen!" Sie lachte, um ihm gleich wieder mit ernstem Blick ins Gesicht zu sehen. „Bitte entschuldigen Sie. Es tut mir leid. Ich wollte Sie nicht beleidigen."

Perot sah sie an. „Sie müssen sich doch nicht entschuldigen. Wie geht es denn Ihnen? Hat Sie der Kerl noch einmal belästigt?"

„Sie meinen Eric? Nun, ich habe ihn gezwungenermaßen wieder gesehen. Immerhin ist er mein Chef."

„Ihr Chef? Darf ich Sie fragen, was Sie beruflich machen?"

„Ich arbeite für Helios Lorraine. Die haben gleich hier ein Büro für amerikanische Angelegenheiten. Mein Aufgabenbereich ist die Medienbetreuung für den amerikanischen Markt, außerdem bin ich so eine Art Verbindungsoffizier zu den Kollegen in den angeschlossenen Stabsstellen in den Vereinigten Staaten. Und Eric Picard ist mein direkter Vorgesetzter."

„Und wie verhält er sich Ihnen gegenüber?"

„Er schenkt mir keine Beachtung mehr. Gott sei Dank. Ich mache mir da aber auch keine Sorgen, er ist ein bekannter Schürzenjäger. Keine drei Tage mehr, und er hat ein neues Opfer. Und darf ich fragen, was Sie machen?", versuchte sie vom Thema abzulenken.

„Ich bin freier Journalist."

„Ach ja, deshalb kam mir Ihr Name gleich so bekannt vor. Ich glaube, ich habe ihn schon öfters gelesen." Sie überlegte kurz. „Haben Sie nicht auch diese Serie über Bernard Tapie geschrieben?"

„Ja, das ist richtig." Sein Bericht über den als Betrüger verurteilten Ex-Politiker und Chef des Fussballklubs Olympique Marseille, der auch noch den Aufstieg zum Filmstar schaffte, hatte vor allem wegen der Querverweise zu immer noch amtierenden Würdenträgern einige Aufregung verursacht. Aber Perot wollte viel lieber über Jacqueline sprechen.

„Sie arbeiten jeden Tag hier?"

„Ja, ausgenommen am Wochenende natürlich, und wenn ich auf Dienstreise bin", sagte sie.

Perot überlegte, daß er eine volle Woche vergeblich auf sie gewartet hatte.

„Waren Sie diese Woche auf Dienstreise?"

„Nein", sagte sie verwundert.

„Und Sie beenden Ihren Dienst immer zur gleichen Zeit?"

„Eigentlich schon. Warum fragen Sie?" Plötzlich hellte sich ihr Gesicht auf. „Meinen Sie vielleicht, weil Sie täglich auf mich gewartet haben?"

Perot erstarrte. „Woher wissen Sie das?", fragte er verblüfft.

„Nun ja, ich war jeden Tag in der Station, so wie Sie. Aber Sie haben mich nicht gesehen. Ich habe aber Sie gesehen."

„Sie waren jeden Tag in der Station?", fragte Perot mit belegter Stimme. „Ich habe so auf Sie gewartet. Wieso habe ich Sie nie gesehen?"

„Ich war auf dem Bahnsteig gegenüber", sagte sie. „Ich fahre immer in die andere Richtung, nur Freitags fahre ich Richtung Chateau de Vincennes, da besuche ich meine Mutter. Und ich wußte ja nicht, daß Sie auf mich warten. Heute weiß ich es."

Perot war zuerst verblüfft und mußte dann lachen. Er versuchte, noch etwas das Terrain zu bearbeiten und forderte sie auf, etwas über sich zu erzählen. Doch sie schaffte es geschickt, von sich abzulenken und ließ ihn von seiner Arbeit als freier Journalist berichten.

In einer Gesprächspause sah er seine Chance gekommen. „Bitte, würden Sie heute abend mit mir essen gehen? Tun Sie mir den Gefallen, und sagen Sie nicht Nein."

Jacqueline beugte sich vor und sah Perot mit *dem* Blick an. „Das kann ich leider nicht. Ich danke Ihnen vielmals für Ihre Hilfe. Und es tut mir leid, daß Sie verletzt worden sind." Sie stand plötzlich auf und sagte hastig: „Ich muß jetzt gehen. Ich danke Ihnen für Ihre Einladung."

Perot war bestürzt. „Aber – aber wieso müssen Sie so plötzlich gehen? Sie haben doch kaum Ihr Getränk berührt! Bitte, Jacqueline, gehen Sie nicht. Was habe ich falsch gemacht?"

„Ich muß gehen." Sie schenkte ihm ein Lächeln.

„Sehen wir uns wieder?", fragte Perot fassungslos.

„Vielleicht", sagte sie mit trauriger Stimme, „vielleicht hier morgen um die selbe Zeit?" Sie nahm ihre Tasche und ging fort. Die männlichen Gäste warfen ihr bewundernde Blicke nach, die meisten weiblichen neidische. An der Ecke angelangt drehte sie sich um und winkte dem völlig konsternierten Perot. Der winkte zurück und ließ sich in seinen Sessel fallen. Eines war klar: Diese Frau würde ihm noch viele Rätsel aufgeben. Er bestellte noch ein Bier.

Vor dem Haus war plötzlich eine Hupe zu hören. Perot schreckte aus seinen Gedanken auf. Jacqueline erhob sich.

„Laß nur", sagte sie. „Ich mache schon auf."

Perot stand auf und folgte ihr in das Vorzimmer. Sie hatte die Haustüre geöffnet und sah Lacour entgegen, der vollbepackt mit Geschenkpaketen den Weg entlangwankte.

„Hallo, Kinder!", rief er gutgelaunt. „Ein Scheißwetter heute, was?" Er betrat die Diele und ließ seine Pakete fallen. „Jacqueline, mein Engel." Er legte seine Arme um sie, drückte sie an sich und küßte sie laut schmatzend auf die Stirn. „Du wirst immer schöner. Der Kerl hat dich überhaupt nicht verdient."

„Patrick, mein Kleiner", lachte sie. „Und du wirst immer dikker. Wie machst du das? Und diese fürchterlichen Klamotten! Auf jeden Fall: Herzlich willkommen!"

„Danke, mein Schatz. Und was deine unfeine Bemerkung anbelangt: Ich bin nur dick angezogen." Er schüttelte Perot die Hand. „Ist das ein Sauwetter. Da jagt man doch keinen Hund vor die Tür. Aber für *Das große Fressen* mache ich nun einmal alles. Weg mit dem feuchten Zeug." Er schälte sich aus seiner Montur heraus, die man leicht für den Kampfanzug eines Fliegers aus dem ersten Weltkrieg halten konnte.

Lacour ging in das Wohnzimmer.

„Ahh!", machte er und ging zum Kamin, um seine Hände anzuwärmen. „Hier ist es ja wirklich herrlich gemütlich. Und wann gibt's hier endlich was zu trinken?"

„Alter Säufer." Perot hatte eine Flasche Champagner aus dem Eiskasten geholt und machte sich daran, den ersten Korken des Tages knallen zu lassen. Jacqueline brachte ein Tablett mit drei Gläsern. Während Perot einschenkte, sah er zu Lacour hinüber.

Der Freund war so groß wie Perot, aber ungleich muskulöser. Er hatte dichtes, regelrecht dickes, schwarzes Haar und einen ebenso starken Vollbart. Seine Nase zierte eine unschöne Narbe, die er sich in seiner Jugend bei einem Motorradrennen geholt hatte. In seinem Gesicht leuchteten zwei flink umherhuschende Augen, denen so schnell nichts entging. Lacour war zwar kräftig gebaut, setzte aber ganz schön Fett an. Sein größtes Problem, das er allerdings nicht als solches sah, war der Alkohol. Lacour konnte ungeheure Mengen an alkoholischen Getränken vertragen. Im Gegensatz zu Perot war er ein Abenteurer und zu keiner festen Bindung fähig. Seine Freundinnen, alles schillernde Figuren, wechselte er öfter als sein Hemd. Er bewunderte und liebte rothaarige Frauen. Er war das, was salopp als *wilder Hund* bezeichnet wird, und doch wurde er ständig unterschätzt. Lacour war nämlich hochintelligent, feinsinnig und gleichzeitig nicht zimperlich in der Wahl seiner Mittel. Aber er hatte einen ausgeprägten Sinn für die schönen Künste und war ein ausgesprochener Genießer. Nur diejenigen, die ihn sehr gut kannten, und das waren nur wenige, wußten, daß er ausgesprochen sensibel war. Er spielte eine perfekte Rolle.

Er liebte und verehrte Jacqueline als Freundin seines Freundes. Er beklagte sich einmal bei Perot, daß er mit ihr nur ein Problem habe: Sie sei die einzige Frau, die er nie fotografieren könnte, dazu sei sie viel zu erotisch. Letztendlich hatte er damals dann sein eigenes Gebot gebrochen und sie zur Teilnahme am *großen Fres-*

sen eingeladen. Und er tröstete sich über die Unerreichbarkeit von Jacqueline auf seine Art: Er legte sich einen Harem an rothaarigen Schönheiten zu.

Sein Zuhause war die ganze Welt und er betonte ständig, daß er eines Tages in irgendeinem Dreckloch sterben werde, und man möge ihn dann gütigst schnell vergessen. Dieser fromme Wunsch wäre auch fast in Erfüllung gegangen, denn bei seiner letzten Reise in den Kosovo wurde er von einem Heckenschützen am Bein verletzt; ein glatter Durchschuß zwar, aber Lacour war sehr in seiner Selbstsicherheit angeschlagen.

Perot reichte ihm ein Glas. „Wie geht es deinem Bein?", fragte er.

„Was für ein Bein?", maulte Lacour und hob das Glas. „Davon reden wir später. Jetzt einmal: Fröhliche Weihnachten, meine Lieben!" Er prostete Jacqueline und Perot zu und leerte das Glas in einem Zug. Jacqueline wollte ihm nachschenken, aber er nahm ihr die Flasche aus der Hand.

„Laß nur, meine Süße. Ich regle das selbst. Wie geht's Euch, meine Turteltäubchen?" Er zwinkerte mit den Augen.

„Nun, sie ist wie immer unausstehlich", sagte Perot, „aber ich liebe sie." Er faßte Jacqueline an der Taille.

„Ich kann ihn auch nicht ausstehen", sagte sie, „aber ich liebe ihn über alles." Sie streckte sich und küßte Perot heftig auf den Mund.

„Auseinander, ihr zwei!", lachte Lacour. „Dazu habt ihr später noch Zeit. Wann gibt's in dem traurigen Laden eigentlich was zu essen?"

Das große Fressen hatte begonnen. Perot eilte zwischen Küche und Wohnzimmer hin und her, beladen mit den Köstlichkeiten, für die er sich solche Mühe gegeben hatte. Jacqueline und Lacour sparten nicht mit Lob.

Selbst der volle Mund hinderte Lacour nicht, den Freunden seine letzten Erlebnisse laut und völlig übertrieben zu vermitteln.

Perot fiel auf, daß Lacour sorgfältig darauf achtete, das Thema Kosovo und seine Verletzung auszusparen.

Jacqueline servierte den Espresso, einen Illy, den Lacour so sehr liebte. Er lehnte sich zufrieden zurück und verlangte grunzend nach einer Zigarre. Sie reichte ihm eine Romeo y Julietta, was ihn zu Begeisterungsstürmen hinriß.

„Jacqueline, mein Goldschätzchen. Du weißt, was dein armer alter Freund nach einer kargen Mahlzeit braucht."

Perot kam bereits etwas abgekämpft aus der Küche und setzte sich auf den freien Stuhl gegenüber von Lacour. Jacqueline schenkte in drei Gläser etwas Marc de Bourgogne ein und legte eine Platte von *Cesaria Evora* auf. Dann reichte sie ihren Freunden die Gläser und setzte sich Perot zu Füßen.

„Ach ja, der Schnaps", seufzte Lacour, und hob das Glas. „Meine lieben Freunde. Ich danke Euch für alles. Ich liebe Euch." Seine Augen glänzten. „Meine liebe Jacqueline, du bist mein Augenstern. Welch Glück ich habe, daß du mein Freund bist."

Jacqueline blickte gerührt zu Boden.

„Und du, du alter Schreiberling", sagte er zu Perot, „du bist für mich der Allerbeste. Versprich mir, daß du immer gut zu ihr sein wirst."

„Ich verspreche es", sagte Perot mit fester Stimme. Er streichelte Jacqueline, und er mußte an den Tag denken, der alles veränderte.

Wenige Wochen nach dem ersten Treffen mit Jacqueline im Cafe *Niki* an der Place de la Bastille war Perot wegen einer Recherche in Metz gewesen. Da die Arbeit wider Erwarten rasch getan war, konnte er verfrüht die Heimreise antreten. Er nahm die Autoroute A1, um Paris schnell zu erreichen; doch je näher er der Stadt kam, desto unwohler fühlte sich Perot. Er war einsam, und das nächste Treffen mit Jacqueline war erst für Freitag geplant. So verließ er die Autobahn bei Chateau Thierry, um die Stadt Jean de La Fontaines zu besuchen. Obwohl der Ort nicht einmal achtzig Kilometer vor Paris liegt, beschloß Perot, über Nacht zu bleiben und mit zwei Flaschen Champagner zeitig ins Bett zu gehen. Doch zuvor wollte er den Markt besuchen, denn dort gab es den besten geräucherten Knoblauch der ganzen Region zu kaufen.

Perot quartierte sich im örtlichen Hotel Campanile ein und machte sich dann auf, den Markt zu besuchen. Als er seine Einkäufe erledigt hatte, legte er noch eine kleine Rast in dem kleinen Café direkt am Fluß ein. Er schlürfte gerade einen kleinen Café noir, als er plötzlich Lacour vor dem Lokal vorbeigehen sah.

Perot sprang auf und rannte auf die Straße. Er rief Lacour nach: „Hallo! Patrick! Patrick! Ich bin's!"

Lacour drehte sich um und lachte, als er Perot erkannte. Er kam raschen Schrittes zu dem Café zurück.

„Hallo, Patrick! Die Welt ist klein! Was um Gottes Willen treibt dich in dieses Dorf? Schön, dich zu sehen. Komm und setzt dich. Welcher guter Wind treib dich hierher?"

„Hallo, Daniel. Hier in der Nähe findet eine Oldtimer-Ralley statt. Ich glaube, hier gibt es ein paar schöne Motive für mich. Aber was treibst du hier?" Er winkte dem Kellner und bestellte eine Flasche Champagner.

„Ich kaufe Knoblauch."

„Du kaufst was?"

„Na, Knoblauch. Das kennst du doch. Das scharfe Zeug, das so gut für deine verkalkten Arterien ist. Es gibt hier den besten weit und breit."

„Du bist wirklich eine komische Type", meinte Lacour.

Und du vielleicht nicht, dachte Perot und betrachtete seinen Freund, der einen Anzug trug, der vielleicht dem Batman, aber keinem erwachsenen Mann gut stehen würde.

Der Kellner brachte den Champagner und öffnete die Flasche geräuschvoll. Lacour lief zur vollendeten Form auf und berichtete jedes noch so unbedeutende Ereignis der letzten Tage in einer Lautstärke, daß auch die anderen Gäste etwas davon hatten.

Nachdem Lacour sein gesamtes Pulver verschossen hatte, kam Perot endlich auf sein Lieblingsthema zu sprechen: Jacqueline.

„Und, was ist mit ihr? Ist sie gut? Was machst du?", fragte Lacour.

„Was heißt, was machst du? Ich weiß es nicht."

„Was meinst du, du weißt es nicht. Machst du Fortschritte?"

„Du weißt, wir haben uns jetzt schon einige Male getroffen. Aber ich komme bei ihr nicht so richtig durch, obwohl ich glaube, daß sie mich wirklich mag."

„Ist dir das so richtig ernst? Nicht so eine Geschichte wie sonst?"

„Nein, Patrick. Ich habe so etwas noch nie erlebt. Und das in meinem Alter. Ich bin total verliebt, aber ich verstehe nicht, wo das Problem liegt. Irgend etwas ist da, aber ich kann es nicht herausfinden. Mein ganzes Liebesleben findet im Café oder in einer Metrostation statt. Sie ist nicht ein einziges Mal mit mir ausgegangen. Ich kann sie auch nur beim Vornamen nennen; nicht einmal zum *Du* hat es gereicht. Vielleicht spielt sie nur mit mir", sagte er gekränkt.

„Nein, das tut sie nicht, Daniel", entgegnete Lacour. „Sie liebt dich wirklich."

„Woher willst du das wissen? Du kennst sie doch nicht einmal richtig?"

Zweimal waren sie mit Lacour zusammengetroffen, der auch im *Niki* verkehrte.

„Nun, erstens habe ich sie schon lange vor dir gesehen. Vergiß nicht, ich wohne in der Nähe ihres Arbeitsplatzes. Sie ist mir schon vor einiger Zeit aufgefallen. Und zweitens habe ich so meine Quellen."

Perot setzte sich auf. „Nun mach aber keine Geschichten. Sprich nicht in Rätseln. Was meinst du?"

„Du liebst sie wirklich?", hakte Lacour nach.

„So wahr ich hier sitze. Und jetzt rück' mit der Wahrheit raus. Was weißt du?"

„Du kennst doch die kleine Rote, die ich vor ein paar Wochen so furchtbar verehrt habe."

„Ich glaube, ich erinnere mich. Und was ist mit ihr?"

„Wie der Zufall so will, habe ich sie kennengelernt, weil ich mich über dein Mädchen erkundigen wollte. Die Rote war wirklich Klasse." Er schnalzte genießerisch mit der Zunge.

„Und? Weiter! Weiter!", drängte Perot.

„Nur schön langsam", sagte Lacour und nippte an seinem Champagner. „Die Kleine arbeitet zufällig auch bei Helios Lorraine, und, nein so ein Zufall, sie hat mit deiner Freundin auch zu tun. Um es genau zu sagen, sie ist ihre Freundin."

Perot sprang auf. „Und das sagst du mir erst jetzt? Ich habe dir doch schon erzählt, welche Probleme ich mit Jacqueline habe!"

„Setz' dich wieder hin. Das stimmt, aber ich wußte ja noch nicht, wie ernst dir die Sache ist. Ich wollte zuerst sicher gehen. Du wirst nämlich viel Gefühl brauchen."

Perot sah ihn erschrocken an. „Mann, sprich endlich! Was ist los?"

„Die Kleine liebt dich wirklich. Aber da gibt es ein Problem." Er fingerte umständlich nach einer Zigarette. Perot wetzte auf seinem Sessel hin und her und schnappte fast über.

„Sie ist vor fast einem Jahr vergewaltigt worden."

„Was?" Perot machte ein Gesicht, als hätte er schlecht gehört.

„Du hast richtig gehört. Die Kerle sind zu dritt gewesen. Und sie haben es ihr furchtbar gegeben. Es muß die Hölle gewesen sein. Und das ist noch nicht alles. Sie ist auf die Vergewaltigung auch noch schwanger geworden. Und bei der Abtreibung hat es Probleme gegeben. Sie wird nie wieder ein Kind bekommen. Sie ist fast verrückt geworden."

„Um Gottes Willen", rief Perot. „Ich muß sofort zu ihr." Er sprang von seinem Sessel auf.

„Jetzt bleib' doch endlich sitzen", sagte Lacour ruhig und nahm seinen Freund bei der Hand. „Mann, du Idiot. Du liebst sie doch, Daniel. Jetzt beruhige dich erstmal, oder ich sage dir nie wieder was. Sie ist eine starke Frau und schon über den Berg. Aber du wirst viel Geduld und Verständnis mit ihr haben müssen."

„Ich muß sofort zu ihr!", wiederholte Perot. „Danke, Patrick, du bist ein echter Freund. Au revoir."

Perot stürmte aus dem Lokal, sprang in sein Auto, und raste mit Volldampf Richtung Paris, ohne zuvor sein Gepäck aus dem Hotel geholt zu haben.

Lacour war entsetzt. Wer zahlt jetzt den Champagner?

Wie üblich bei einem *großen Fressen* folgten der Mahlzeit stundenlange Diskussionen über Gott und die Welt. Perot merkte, daß irgend etwas seinem Freund auf dem Herzen lag, und plötzlich war es dann soweit.

„Aber ich muß Euch jetzt was erzählen." Lacour's Stimme klang bestimmt.

„Du hast zwanzig Rothaarige draußen im Auto und bittest sie gleich herein?", fragte Perot. Jacqueline räusperte sich und setzte ein entzückendes Lächeln auf.

„Nein, du Depp. Jetzt hört einmal zu. Ich höre auf."

„Was heißt, du hörst auf?", fragte Jacqueline. Perot sah Lacour erstaunt an.

„Es heißt, was es heißt, mein Zuckermäuschen. Ich habe die Nase voll. Ich höre auf."

„Ich verstehe noch immer nicht", sagte Perot.

„Wie hast du es eigentlich so weit und zu dieser traumhaften Frau gebracht?", sagte Lacour. „Der Job macht mich kaputt. Ich bin ein alter Mann."

„Aber du bist doch kein alter Mann!", lachte Jacqueline. „Du bist doch erst ... du bist doch ... wie alt ist er eigentlich?" Fragend sah sie Perot an.

„Eine Dame fragt man nicht nach dem Alter", entgegnete Perot, der das Ganze noch immer für einen Scherz hielt.

„Nein, Spaß beiseite", sagte Lacour. „Zuerst habe ich geglaubt, ich will nicht mehr. Aber die Wahrheit ist, ich kann nicht mehr."

Perot erkannte, daß es dem Freund ernst war. „Wie kommst du darauf, Patrick?"

„Es war das Ding im Kosovo. Der Kerl hat mich ganz einfach abgeknallt. Daniel, ich bin zehn Jahre älter als du. In deinem Alter hätte mich die Ratte nie erwischt."

„Aber das ist doch Unsinn", sagte Perot. „Es war ein Heckenschütze. Der hätte dich auch geklatscht, wenn du nur zwei Monate alt gewesen wärst."

„Nein, das glaube ich nicht. Laß' dir das von mir sagen: Jeder Mensch hat nur ein gewisses Quantum an Glück. Langsam glaube ich, daß mein Vorrat zur Neige geht. Es ist nur so ein Gefühl; aber ich glaube, ich sollte besser darauf hören."

„Das sehe ich ein", sagte Jacqueline, „aber das hat nichts mit deinem Alter zu tun. Du hast deine Lorbeeren wirklich verdient. Warum solltest du dich also nicht zurückziehen?"

„Du verstehst mich, meine Aphrodite. Bitte, sei so nett und bringe einem alten Mann noch ein Glas Wasser."

„Aber gerne." Jacqueline stand auf und ging in die Küche.

„Was willst *du* mit Wasser?", fragte Perot erstaunt.

„Nichts, aber ich will dir schnell was sagen", flüsterte Lacour. „Es gibt noch einen anderen Grund, warum ich mich zur Ruhe setze. Aber behalt's gefälligst für dich: Ich werde impotent."

„Was?", lachte Perot auf. „Du wirst impotent?"

„Pscht!", machte Lacour. „Sie könnte uns hören. Ja, was soll ich dir sagen? Seit einiger Zeit läuft nichts mehr so richtig. Ich bring's nicht mehr. Der Arzt sagt, das wird nichts werden. Mir bleibt da nicht mehr viel, und das will ich noch genießen."

„Nein, du, der Schrecken aller Buschweiber. Das kann ich nicht glauben."

„Jetzt halt endlich das Maul und glaub's", knurrte Lacour.

Jacqueline kam mit einem Glas Wasser zurück und reichte es Lacour.

„Danke, mein Mäuschen, aber ich habe es mir überlegt. Sag schon, was sollte wohl ein Mann wie ich mit Wasser?"

„Na, ich dachte, trinken? Oder nein?" Jacqueline stellte das Glas irritiert auf dem Tisch ab.

„Ich bin durstig, aber nicht schmutzig. Wasser ist zum Waschen da. Wo sind die Alkoholbestände?"

Perot baute eine Batterie verschiedenster Getränke vor seinem Freund auf. Der grunzte zufrieden.

„Und was willst du jetzt machen?", fragte Jacqueline.

„Ich gehe nach Korsika."

„Nach Korsika?", fragte Perot erstaunt. „Was willst du dort?"

„Glaube mir, ich habe die Welt gesehen. Und diese Insel ist der schönste Platz der Welt."

„Und was willst du dort machen?", sagte Perot naiv.

„Na was wohl. Pensionist spielen natürlich."

„Dazu bist du noch viel zu jung. Da gibt's noch kein Geld vom Staat", entgegnete Perot.

„Kriege ich sowieso nie. Aber man hat Reserven, so mit den Jahren. Und die werden jetzt vernascht. Mir schwebt da schon einiges vor."

„Massenweise Weiber mit großen Brüsten", sagte Jacqueline plötzlich in die Stille.

Perot und Lacour sahen einander völlig überrascht an. Nach einer Schrecksekunde lachten sie lauthals.

„Du irrst dich, du Erlösung aller Traumvorstellungen. Ich werde nur mehr die unschuldige Natur fotografieren. Allerdings ist da auch noch ein kleiner Job. Ich hab' da im Kosovo was aufgeschnappt, vielleicht ist was dran. Mal sehen. Bist du so freundlich und bringst mir meine Tasche?", sagte er zu Perot.

„Du meinst, deinen Beutel", meinte Perot respektlos und ging ins Vorzimmer, um die Tasche, die in der Tat eher einem Brotbeutel ähnelte, zu holen. Er beeilte sich, um nichts zu verpassen, und er wollte auch keine Gelegenheit bieten, daß sich die zwei Freunde vielleicht das Maul über ihn zerrissen. Doch er war nicht schnell genug, denn als er in das Zimmer zurückkam, sah er, wie die beiden miteinander kicherten. Als sie ihn bemerkten, hörten sie schlagartig auf, aber Jacqueline lachte ihn ausgesprochen frech an.

„Was hast du ihr gesagt?" fragte er.

„Das geht dich gar nichts an!", antworteten beide unisono.

Perot reichte Lacour die Tasche. Der fingerte darin herum und förderte eine Kamera zutage.

„Weißt du, was das ist?", sagte er zu Perot und hielt ihm die Kamera unter die Nase.

„Na, ein Fotoapparat", antwortete Perot entgeistert.

„Das ist eine Nikon", sagte Jacqueline.

„Siehst du, du Depp", meinte Lacour zu Perot. „Sie ist eine wahre Göttin. Natürlich ist das eine Nikon. Nur ein Ignorant wie du sagt zu einer Nikon Fotoapparat. Du solltest ihn auf der Stelle verlassen", sagte er zu Jacqueline. Sie lächelte.

„Das ist eine FM2", erklärte Lacour andachtsvoll. „Für jeden Affen, der glaubt, fotografieren zu können, nur ein Modell ohne jeden Komfort. Aber für den Kenner die echte Herausforderung."

Jacqueline richtete sich auf und betrachtete die Kamera. „Eine mechanische Version", sagte sie. „Im Gegensatz zu elektronischen Geräten hundertprozentig zuverlässig. Manuelle Einstellung, höchst exakt. Ein wahres Meisterstück. Sie bietet eine Verschlußzeit von bis zu einem Viertausendstel. Und das mechanisch, man stelle sich das einmal vor. In Verbindung mit Nikkor-Objektiven ist sie wohl eine der besten Kleinbildkameras der Welt."

Nun war es an Lacour, sich zu wundern. „Mein Küken, jetzt bin ich platt. Woher weißt du das?"

„Ich habe in meiner Jugend auch einmal so eine Kamera gehabt", sagte Jacqueline.

„Du *bist* die Jugend", schmeichelte ihr Lacour und setzte fort: „Diese Kamera wird meine Freundin. Das heißt, sie ist es schon. Ich habe die Elektronik satt. Was soll ich noch mit meiner F5? Zurück zu den Wurzeln. Die alten F sind mir zu schwer. Aber die hier ist genau richtig."

Perot hatte alles mit Unverständnis verfolgt. „Ich sehe also, daß ich irgendwie aus dem Spiel bin", maulte er, leicht verstimmt.

„Aber nein, mein Schatz", gurrte Jacqueline und küßte ihn auf die Wange.

„Wenn du ihr je irgend etwas tust, breche ich dir alle Knochen", sagte Lacour und Perot spürte, daß sein Freund es ernst meinte.

„Also, was wirst du jetzt tun?", fragte Perot.

„Morgen werde ich den Kollegen mitteilen, daß Schluß ist", sagte Lacour und meinte die Agenturen. „Und dann haue ich ab. Nach Korsika. Du weißt, ich habe dort seit längerer Zeit eine kleine Wohnung. Ich werde dort einmal einziehen, und dann suche ich mir ein kleines Anwesen. Das nächste *große Fressen* findet schon auf der Ile de beauté statt."

Perot hatte die Insel in keiner guten Erinnerung. Er war zwar noch nie dort gewesen, aber er hatte vor Monaten einige heiße Artikel über die korsische Gendarmerie verfaßt. Dabei ging es um einen Brandanschlag, den Gendarmeriebeamte angeblich im Auftrag des Präfekten der Insel, Bernard Bonnet, verübt hatten. Die Geschichte wurde zur Staatsaffäre und gefährdete sogar Premier Jospin.

Perot hielt die Kamera in seinen Händen. Auf der Rückseite konnte er ein kleines Stück Karton sehen. „Was ist das für ein Karton?", fragte er und hielt die Rückwand in Lacour's Richtung.

„Das ist das Typenschild des eingelegten Filmes", sagte Jacqueline. „Daran erkennt der Fotograf auf einen Blick, welchen Film er in der Kamera hat. Ist die Kamera leer, nimmt er den Karton weg. Somit sieht er zu jeder Zeit, ob die Kamera befüllt ist, oder nicht."

Perot und Lacour staunten. Lacour brach das Schweigen: „Meine Venus, willst du mich heiraten? Ich liebe dich über alles."

„He, was soll das!", lachte Perot.

Jacqueline sah ihn mit *dem* Blick an.

„Nein, jetzt im Ernst", sagte Lacour. „Für mich ist es Zeit. Ich reise in Kürze auf die Insel. Ich werde sicher einige Wochen brauchen. Aber sobald ich etwas Brauchbares gefunden habe, melde ich mich wieder."

Er stand schwerfällig auf.

„Da draußen liegen ja noch Eure Weihnachtsgeschenke", sagte er, schon schwer benebelt. Er umarmte Perot.

„Daniel, mein Freund. Ich danke dir für diesen herrlichen Abend."

„Ich danke *dir*. Soll ich dir nicht doch ein Taxi rufen? Du hast ja wirklich voll getankt!"

„Ein Lacour fährt nicht mit dem Taxi", sagte Jacqueline.

Lacour grinste. Er breitete seine Arme aus und rief: „Komm in meine Arme, und laß dich küssen!"

Jacqueline umarmte ihn herzlich.

„Ich wünsche dir ein schönes Weihnachtsfest, Patrick", sagte sie. Dann küßte sie ihn kräftig auf den Mund, so als ob sie ahnte, daß sie ihn nie mehr wiedersehen würde. „Und alles Gute für dich und deine Insel."

Lacour drückte sie an sich. „Danke, meine Liebe. Achte auf den kleinen Idioten, der dich so liebt. Und sei vorsichtig. Wir sehen uns auf Korsika."

Er machte kehrt. Zu Perot sagte er: „Du hast mir nicht einmal schöne Weihnachten gewünscht. Du bist vielleicht ein schöner Freund." Er klopfte Perot nochmals auf die Schulter und sagte. „Aber ein toller Hirsch. Es war ein phantastischer Abend, und ich danke dir für alles. Und gib auf deine Prinzessin acht. Auf Wiedersehen auf Korsika!"

Damit wandte er sich zur Türe, zog sie auf und ging hinaus.

„Du, Patrick!", rief ihm Perot nach. Lacour blieb stehen und drehte sich um. „Schöne Weihnachten, und ... was ist eigentlich das Besondere an Korsika?"

Lacour lachte. „Das kann ich dir sagen: Die Macchia, der Buschwald. Der Duft der Macchia."

Damit drehte er sich um und verschwand in der Dunkelheit.

Perot konnte trotz der intensiven Nacht mit Jacqueline nicht einschlafen. Es gingen ihm ganz einfach zu viele Dinge durch den Kopf. Er konnte nicht verstehen, daß Lacour auf dem Höhepunkt seines Schaffens aufhören wollte. Und noch dazu zog er auf eine Insel, wo er doch räumliche Grenzen so haßte.

Sorgen bereitete ihm auch die Nachricht von der drohenden Impotenz seines Freundes. Die Erkenntnis war wohl für jeden Mann niederschmetternd, aber für Lacour, der die Frauen im wahrsten Sinne des Wortes maßlos liebte, mußte es eine Katastrophe sein. Und da konnte man ihm wirklich nicht mehr helfen? Perot nahm sich vor, Lacour gleich am Morgen anzurufen und das Problem nochmals zu besprechen.

Neben sich hörte Perot die ruhigen Atemzüge von Jacqueline, die tief und fest schlief. Er drehte sich zu ihr und richtete ihre Dekke etwas zurecht. Er küßte sie vorsichtig am Hals und sog dabei durch die Nase ihren Duft ein. Sie seufzte tief und drehte sich auf die andere Seite. Perot sah sie an und mußte an den Abend denken, als sie ihn das erste Mal küßte.

Nach dem Gespräch mit Lacour in Chateau Thierry war Perot in den Wagen gesprungen und Richtung Paris gefahren. Völlig außer sich raste er auf die Stadt zu. Da die Entfernung nach Paris kaum achtzig Kilometer betrug, rechnete er nur mit einer kurzen Fahrzeit.

Seine Gedanken überschlugen sich. Die Nachricht von Jacqueline's Vergewaltigung hatte ihn zutiefst erschüttert. Jetzt verstand er einiges an ihren Reaktionen, ihre verzweifelten Versuche, alles abzublocken, was zu einem vertrauteren Verhältnis führen könnte. Er mußte sofort zu ihr und ihr alles erklären, ihr sagen, daß sie sich nicht zu fürchten brauchte.

Mit der Zeit beruhigte er sich. Er reduzierte das halsbrecherische Tempo und versuchte, vernünftig nachzudenken. Er wollte auf jeden Fall so schnell wie möglich zu ihr. Da er ihre Privatadresse nicht kannte, blieb ihm nur die Möglichkeit, Jacqueline wie gewohnt in der Metrostation abzufangen. Er blickte auf die Uhr. Gottlob war es erst kurz nach drei Uhr nachmittag, und es war Mittwoch. Somit mußte Jacqueline an ihrem Arbeitsplatz bei Helios Lorraine sein. An der Metrostration Bastille war sie immer so gegen Fünf, das konnte er mühelos schaffen.

Perot überlegte, wie er ihr zeigen konnte, daß er sie wirklich liebte, und er ihr soviel Zeit lassen möchte, wie sie benötigte. Wie sollte er es anstellen, um die Geschichte mit der Vergewaltigung herumzukommen, ohne ihr wehzutun? War es überhaupt klug, etwas zu sagen?

Seine Gedanken wurden unterbrochen, als sich der Verkehrsfluß verlangsamte und die Fahrzeuge auf die Mautstelle bei Meaux zurollten. Ungeduldig wartete er, bis er an die Reihe kam. Er warf eine Handvoll Münzen in den Auffangkorb des Automaten. Der Schranken hob sich. Perot steigerte das Tempo und reihte sich in die dichter werdende Kolonne ein. Obwohl die Autobahn nun über drei Fahrspuren je Richtung verfügte, verdichtete sich der Verkehr zunehmend.

Plötzlich stoppten die Kolonnen.

Na fein, dachte Perot, das hat mir gerade noch gefehlt. Er drehte das Radio auf, um Meldungen über Verkehrsstörungen hören zu können. Aber im Moment kamen natürlich keine Durchsagen.

Das Gedudel aus dem Radio machte Perot nur noch nervöser. Es drehte das Gerät ab, als die Kolonne wieder langsam anfuhr. Doch nach wenigen Metern war wieder alles aus. So ging es immer ein kleines Stückchen weiter, und jeder Blick auf die Uhr ließ Perot noch mehr verzweifeln. Er hoffte, die nächste Ausfahrt zu erreichen, um auf der Route National in die Stadt zu kommen, aber dann standen alle Fahrzeuge still und es ging überhaupt nichts mehr.

Perot kurbelte die Seitenscheibe hinunter und rief seinem Nachbar zu: „Wissen Sie vielleicht, was los ist?"

Der betätigte den Fensterheber und öffnete das Beifahrerfenster. „Unfall!", rief er zurück. „Sie haben's soeben durchgegeben."

„Danke!", rief Perot und kurbelte das Fenster wieder nach oben. Wenn er es nicht bis Fünf schaffen würde, wäre es zumindest für heute vorbei. Perot überlegte, ob er über den Pannenstreifen ausweichen und sich nach vorne drängen sollte. Doch an der Unfallstelle würde er nicht vorbeikommen, ohne daß ihn die Polizei von der Spur pflücken würde, und die hatte mit Lenkern, die unberechtigterweise den Pannenstreifen befuhren, nicht das geringste Verständnis. Auch wenn sie noch so verliebt waren. Perot war zwar bereit, jeden Preis zu zahlen, aber sie würden ihn nicht einmal mehr auf einer ordnungsgemäßen Spur weiterfahren lassen. Er resignierte und gab den Plan auf.

Aber er konnte doch in ihrem Büro anrufen. Vielleicht konnte er sie überreden, auf ihn zu warten. Perot drehte sich nach hinten, wo der Aktenkoffer mit seinem Handy liegen sollte. Doch er griff ins Leere. Perot schlug sich an die Stirn. Der Koffer lag mit seinem anderen Gepäck im Hotelzimmer in Chateau Thierry! Mutlos ließ er die Schultern sinken.

Die Zeit schlich dahin. Verzweifelt mußte Perot zusehen, wie es auf Fünf zuging und die Zeiger der Uhr dann langsam weiterwanderten. In seiner Vorstellung sah er Jacqueline am Bahnsteig stehen.

Es ging ein kleines Stück weiter. Als die Kolonne abermals stoppte, fühlte Perot, daß er aus einem anderen Wagen direkt angesehen wurde. Er blickte nach links und sah hinter dem Steuer des Wagens eine attraktive, blonde Frau, die ihn erwartungsvoll anlächelte. Sie hatte offensichtlich Gefallen an Perot gefunden und forderte ihn sichtlich auf, ein Gespräch zu beginnen und den Stau für einen Flirt zu nutzen.

Perot starrte sie an. Er mußte lächeln, als er feststellte, daß er früher diese Gelegenheit niemals ausgelassen hätte, und daß es jetzt nur mehr *die* eine Frau für ihn gab – Jacqueline. Er war sich sicher, in ihr die Frau seines Lebens gefunden zu haben. Perot's Nachbarin bezog das Lächeln auf sich und setzte sich reizvoll auf. Ihr Blick versteinerte, als Perot sich plötzlich von ihr abwandte.

Es war schon sechs Uhr vorbei, als Perot die Unfallstelle passierte. Die beteiligten Fahrzeuge waren an den Straßenrand gezogen worden, und die Feuerwehr und der Straßendienst hatten mit den Aufräumungsarbeiten begonnen. Einige Polizeifahrzeuge waren ebenfalls da. Nach dem Zustand der Unfallautos zu schließen, mußte es Tote gegeben haben. Perot konnte sich nicht vorstellen, daß aus diesen Fahrzeugen noch jemand lebend geborgen werden konnte.

Jemand trommelte auf sein Dach. „Nicht gaffen, weiterfahren!", rief ein Polizist. Perot nickte beschwichtigend und stieg aufs Gas.

Er wußte nicht, was er jetzt tun sollte. Zuerst wollte er nach Chateau Thierry zurückfahren, um sein Gepäck zu holen, aber er fühlte sich plötzlich gar nicht wohl. Also verließ er bei Nogent-sur-Marne die Autobahn und fuhr nach Hause.

Als er den Wagen in der Garage abgestellt hatte und auf das Haus zuging, sah er auf dem Postkasten einen kleinen Aufkleber: „Dringendes Telegramm!" Perot öffnete überrascht den Kasten und nahm das Telegramm heraus. Er riß hastig den Umschlag auf. Das Telegramm war in Chateau Thierry aufgegeben worden. Er las: SOLLTEST DU SIE NICHT MEHR ERREICHEN, WIRST DU IHRE ADRESSE BRAUCHEN. SEI BEHUTSAM. PATRICK. Dann war noch die Adresse angeführt.

Perot hätte vor Freude jubeln können. Der gute Patrick hatte im Radio von dem Stau erfahren und Eins und Eins zusammengezählt. Nachdem er Perot am Handy nicht erreichen konnte, schickte er vorsichtshalber das Telegramm. Allerdings hatte Perot nicht gewußt, daß seinem Freund die Privatadresse von Jacqueline bekannt war. Er mußte die kleine Rothaarige, die Freundin von Jacqueline, ganz schön ausgehorcht haben. Aber es war die Art von Lacour, daß er immer alles wußte. Trotz seiner Freude ärgerte sich Perot ein kleines bißchen, daß ihm sein Freund die Adresse bisher vorenthalten hatte.

Perot wollte bei Jacqueline nicht unangemeldet auftauchen, aber es war ihm trotz seiner Verbindungen schon bisher nicht gelungen, ihre Telefonnummer ausfindig zu machen – was den Schluß nahelegte, daß Jacqueline entweder gar kein Telefon besaß oder, wahrscheinlicher, eines der Handys mit den anonymen Wertkarten.

Er sprang wieder in den Wagen.

Es war schon dunkel, als Perot in die Wohnstraße einbog. Er stellte den Wagen in der Nähe des Wohnblocks ab und stieg aus. Auf der Straße war niemand zu sehen und es war sehr still. Die Wohnhausanlage befand sich in einem der besseren Wohngebiete, wo man am Abend brav zu Hause bei der Familie saß und sich die Dramen nur *hinter* den schönen Fassaden abspielten.

Langsam ging er zu der angegebenen Hausnummer. Er suchte ihren Namen auf der beleuchteten Gegensprechanlage. Perot war aufgeregt wie ein Junge bei seinem ersten Rendezvous. Er hatte Angst, wie Jacqueline auf das Eindringen in ihre Privatsphäre reagieren würde.

Er wischte seine Handflächen an der Hose ab und drückte den Klingelknopf. Eine Zeit war nichts zu hören, dann knackte der Lautsprecher.

„Ja?“, sagte sie nur.

„Madame Bertin? Ich bin's nur. Perot. Guten Abend.“

„Daniel?“ Stille. „Was wollen Sie?“, fragte sie überrascht.

Der ablehnende Klang in ihrer Stimme steigerte Perot's Aufregung. „Jacqueline, darf ich mit Ihnen sprechen? Bitte schicken Sie mich nicht weg.“

Sie sagte nichts.

„Jacqueline, hören Sie mich?“, rief Perot.

„Ja, ich höre Sie.“ Ihre Stimme war jetzt freundlicher. „Ist es wirklich so dringend, Daniel? Wir sehen einander doch am Freitag?“

„Ich kann nicht mehr warten, Jacqueline. Bitte schicken Sie mich nicht weg", wiederholte er.

Es folgte wieder eine Pause. „Ich weiß nicht", antwortete sie langsam. „Ich kann nicht. Bitte nicht, Daniel."

„Bitte, haben Sie keine Angst!", sagte Perot verzweifelt. „Aber ich hätte Ihnen so gerne etwas gesagt. Und ich muß es Ihnen ganz einfach jetzt sagen."

Wieder eine Pause. Perot starrte hilflos auf den Lautsprecher.

Plötzlich schnarrte der Türöffner. „Elfter Stock", sagte sie nur und hängte ein.

Perot atmete erleichtert aus. „Danke", murmelte er, obwohl sie es nicht mehr hören konnte, und stieß die Tür auf. Schnell ging er durch das auffallend saubere Stiegenhaus zum Fahrstuhl.

In der Kabine drückte er die Taste für den elften Stock. Leise glitt der Lift nach oben. Perot betrat das weiträumige, dezent beleuchtete Stiegenhaus. Er konnte nur zwei Wohnungstüren sehen. Eindeutig einer dieser Bauten mit großen Wohnungen für betuchte Mieter, dachte er. In diesem Moment ging eine Tür auf und er konnte Jacqueline gegen das Licht, welches aus der Wohnung fiel, erkennen. Perot ging auf sie zu. Sie trat zur Seite.

„Bitte kommen Sie herein und legen Sie ab." Sie reichte Perot die Hand, der sie dankbar drückte.

„Danke, daß ich kommen durfte", sagte Perot mit heiserer Stimme. Er betrachtete Jacqueline, die jetzt an einem Türrahmen lehnte. Sie trug einen zitronengelben Hausanzug, der sehr flauschig aussah. Trotz des bequemen Schnitts konnte man mühelos ihre tadellose Figur erkennen. Ihre nackten Füße steckten in ebenso zitronengelben, ganz weichen Hausschuhen, wie man sie gerne nach dem Duschen trägt. Ihr langes Haar war frisch gebürstet und fiel weich über ihre Schultern. Ihre Lippen waren auch ohne Lippenstift voll und rund, ein ganz leichter Lidschatten betonte ihre grünen Augen. Sie trug keinen Nagellack.

„Bitte, kommen Sie weiter", sagte sie, und ging in das Wohnzimmer. Perot folgte ihr wie ein kleines Hündchen. Das Wohnzimmer war riesig und mit nur wenigen Möbelstücken sehr modern eingerichtet. Perot staunte. Die Fensterfront nahm eine ganze Wand in Anspruch, eine zweite Wand wurde vollständig von einem Regal, vollgestopft mit Büchern, verdeckt. In einer Ecke befand sich ein Arrangement aus verschiedenen Zimmerpflanzen. Über den flächendeckenden Spannteppich waren viele andere Teppiche gelegt. Perot konnte zwei übermannshohe Lautsprecher von Bose sehen, aus denen leise Musik drang. Er erkannte *Saint Saens* dritte Symphonie *Avec Orgue*. In der Mitte des Raumes waren niedrige Sitzgelegenheiten um ein sehr niederes Tischchen gruppiert; aber man sah, daß sich in diesem Raum das Leben auf dem Boden abspielte. Auf einem großen Teppich, der zwischen den Lautsprechern lag, waren mehrere große, bunte Polster angeordnet. Eine Stehlampe mit großem Leuchtelement erhellte den Platz auf dem Teppich, der Rest des Raumes lag im Dunkeln. Auf dem Teppich lag ein aufgeschlagenes Buch, und ein halbvolles Glas stand daneben. Perot hatte Jacqueline beim Lesen gestört. Gleich neben dem Teppich sah Perot ein Gestell mit einer teuer aussehenden Stereoanlage, dahinter stand ein flacher Schrank mit zahllosen Compact Discs. Durch die große Fläche und die fast bis zum Boden gehende Fensterfront wirkte der Raum niedrig, aber trotzdem sehr angenehm.

Perot entspannte sich merklich. „Hier ist es wunderschön", sagte er ehrlich begeistert. „Ich konnte Ihren Geschmack bisher nur an Ihrer Garderobe bewundern, aber das hier ist wirklich beeindruckend."

„Es freut mich, daß es Ihnen gefällt", sagte Sie artig. „Bitte, nehmen Sie Platz." Sie deutete auf einen Hockpolster am Boden. Perot, der diese Art Sitzmöbel nicht gewohnt war, setzte sich unsicher darauf und kippte sofort um.

Jacqueline lachte. „Sie müssen sich freimachen, entspannen Sie sich. Versuchen Sie es nochmals."

Perot lächelte verkrampft und kletterte wieder auf den Polster.

„Würde es Ihnen etwas ausmachen, wenn ich mich auf das da setze?" Er deutete auf etwas, was er für einen Sessel hielt. „Ich glaube, es geht dort besser."

„Aber natürlich", sagte sie amüsiert. „Darf ich Ihnen etwas zu trinken bringen?"

„Danke, sehr gerne. Was haben Sie denn?", fragte Perot, der auf dem niederen Metallgestell Platz genommen hatte, und aussah wie ein kranker Vogel auf einer Dachrinne.

„Was hätten Sie den gerne?", entgegnete sie.

Er erinnerte sich, daß sie gerne Pastis trank. „Wenn die Auswahl so groß ist, bitte einen Pastis."

„Ich habe Pernod, Ricard, oder Casanis. Was wünschen Sie?"

Perot staunte. „Was ziehen Sie vor?"

„Ich bevorzuge Casanis. Mit Eis?"

„Ja, bitte."

Jacqueline verließ leichtfüßig den Raum. Perot sog die Luft durch die Nase. Es duftete leicht nach Patchouly, und Perot konnte in einer Ecke ein glimmendes Räucherstäbchen ausmachen. Er ließ seinen Blick im Zimmer schweifen und war noch immer beeindruckt von dem geschmackvoll gestalteten Raum, der so anders war als alles, was er bisher gesehen hatte. Aber Jacqueline war ja auch etwas ganz anderes, als er je gesehen hatte.

Trotzdem war er etwas verwirrt. Das Gespräch, das er führen wollte, war schon schwierig genug, aber auf diesem Sessel, Jacqueline womöglich auf dem Boden vor ihm – das war ihm unangenehm. Er wollte auf jeden Fall vermeiden, daß sie das Gefühl bekam, er stünde über ihr; und dieses Gefühl konnte bei seiner erhöhten Sitzposition leicht entstehen. Deshalb rollte er auf den Fußboden und kroch, nicht sehr elegant auf allen Vieren, zu dem Polster zurück.

In diesem Moment betrat Jacqueline, mit einem Tablett in der Hand, den Raum. Als sie den keuchenden Perot auf dem Boden sah, lachte sie auf. Perot drehte sich ertappt auf den Rücken und blieb so liegen.

Jacqueline hockte sich neben ihn und stellte das Tablett ab. Jetzt befand sie sich in der erhöhten Position. Schicksal, dachte Perot.

„Es ist immer wieder erstaunlich, wie sich der aufrecht gehende Mensch unbeholfen auf dem Boden verhält", dozierte sie lächelnd und half ihm, sich aufzusetzen. „Kommen Sie, ich hole Ihnen einen Sessel aus dem Eßzimmer."

„Nein, nein, bitte lassen Sie nur. Ich will nicht. Ich lehne mich an den Polster, wenn Sie gestatten, und bitte lachen Sie nicht, wenn ich mich weiterhin ungeschickt verhalte."

„Das tue ich nicht." Sie kauerte sich neben ihn.

Das einzig Gute an der Situation ist, dachte Perot, daß meine Ungeschicklichkeit die Atmosphäre etwas entspannt hat.

„Sie trinken nicht?", fragte Perot und schenkte sich etwas Wasser in das Glas mit dem Pastis ein. Dann entnahm er der Schale mit einer kleinen Zange einen Eiswürfel und ließ ihn ins Glas fallen.

„Ich habe noch", sagte sie und zeigte auf ihr Glas mit einer roten Flüssigkeit.

Perot prostete ihr zu und machte einen Schluck. Jacqueline nickte nur. Er plapperte Belanglosigkeiten, einerseits um die Spannung weiter abzubauen, andererseits um seine Angst zu bekämpfen. Als ihr Gesicht nach einiger Zeit einen ernsten Ausdruck annahm, wußte Perot, daß es mit der Gemütlichkeit nun vorbei war.

Sie sah ihm tief in die Augen. „Sie sind doch nicht gekommen, um mit mir Konversation zu machen, Daniel. Was führt Sie eigentlich zu mir?"

Perot fühlte sich unwohl. Er räusperte sich und sagte: „Ich muß zugeben, ich hatte erwartet, daß Sie mich zuerst fragen, woher ich Ihre Adresse habe."

„Nun, ich dachte mir, wenn Sie mir das sagen wollen, werden Sie es schon tun", entgegnete sie.

Perot schluckte.

„Jacqueline ...", er versuchte, ihrem Blick standzuhalten, schaffte es aber nicht. Er sah kurz zu Boden, um dann doch ihren

Blick wieder aufzunehmen. „Wir kennen uns jetzt seit einigen Monaten, aber wir verbringen unsere Bekanntschaft im Bistro oder auf der Metrostation. Sie haben mich in der Zwischenzeit viel über mich erzählen lassen, und Sie haben es immer gut verstanden, nichts über sich zu erzählen. Bitte, haben Sie Verständnis, daß ich gerne mit Ihnen über unser Verhältnis sprechen möchte. In der Öffentlichkeit hätte ich es nicht gewagt; aber das haben Sie wohl gewußt. Es gibt keine andere Erklärung, warum Sie nicht *einmal* mit mir ausgegangen sind, zumal ich das Gefühl habe, daß ich Ihnen nicht ganz gleichgültig bin."

Sie zog die Beine an den Körper. Perot erkannte an ihr alle Signale der Abschirmung. Sie verschloß sich. Teufel, nein, das sollst du doch nicht machen! dachte Perot.

Jacqueline blickte ihn hilflos an. Perot wollte sie sofort umarmen, aber er wußte, daß er genau das jetzt nicht tun dürfte.

„Ich habe die längste Zeit befürchtet, daß es Ihnen schon zu lange dauert. Und jetzt ist es also soweit", sagte sie und blickte auf ihre Handrücken.

„Jacqueline ...", begann er, aber sie fiel ihm ins Wort.

„Ich kann Sie verstehen." Sie sah ihn wieder direkt an und sagte mit fester Stimme: „Und ich habe versucht, diese Aussprache soweit wie möglich aufzuschieben, obwohl mir klar war, daß sie eines Tages kommen mußte."

Mit leiser Stimme sagte er: „Jacqueline, Sie müssen mir überhaupt nichts erklären. Sie sind mir keine Erklärung schuldig."

Sie sah ihn fragend an.

Er hatte soeben beschlossen, ihr nicht zu sagen, daß er von der Vergewaltigung wußte. Aber er mußte ihr erklären, daß er auf sie warten würde; ganz egal, wie lange das auch dauern sollte.

„Ich weiß nicht, wie ich es sagen soll", krächzte er, „Sie sind eine wunderschöne Frau ..." Er bemerkte, wie sie die Beine dichter an sich preßte. Er beeilte sich zu sagen: „Bitte glauben Sie mir, daß ich Ihnen so gerne so viel Zeit lassen möchte, wie Sie brauchen. Vertrauen Sie mir. Ich warte auf Ihre Zeichen und ich verspreche

Ihnen, daß ich Sie nicht berühren werde, bis Sie es wünschen. Bitte, Jacqueline: Wollen Sie mit mir gehen?" Er sah sie flehend an.

Da bemerkte er die Tränen in ihren Augen. Nervös griff er in seine Sakkotasche und holte eine Packung Papiertaschentücher hervor. Er entfaltete ein Tuch und hielt es ihr unter die Nase.

„Erinnern Sie sich?", fragte er. „Damals in der Metro. Die blutige Nase. Sie haben mir ein Taschentuch gegeben. Die Vorzeichen haben sich geändert."

Sie nickte und nahm dankbar das Tuch. Sie lächelte schon wieder ein bißchen.

„So ist es besser. Sie sind besonders schön, wenn Sie lächeln", sagte Perot und blickte sie freundlich an. Die Angst war von ihm gewichen.

„Ich verlange viel von dir, und du bist so gut zu mir", sagte sie.

Perot war überglücklich, als er das vertrauliche *Du* hörte. „Ich will dir alles geben, was ich nur kann, Jacqueline, denn ich liebe dich über alles."

Er getraute sich nicht, sie zu berühren. Doch sie nahm seine rechte Hand in ihre Hände, führte sie zum Mund und küßte seine Fingerspitzen; eine Geste, die sie ihr weiteres gemeinsames Leben lang begleiten würde.

Da konnte er sich nicht mehr halten. Er beugte sich zu ihr und näherte ganz langsam seine Lippen den ihren. Doch er spürte, wie sie trotz ihrer Erregung vor ihm zurückwich.

„Nein, nicht, wenn du nicht willst", flüsterte er und setzte sich wieder auf.

„Ich kann nicht", sagte sie verzweifelt. „Noch nicht. Bitte gib mir Zeit."

„Alle Zeit dieser Welt", sagte er leise und nahm jetzt ihre gepflegten Hände in die seinen. Er führte sie zum Mund und küßte ihre Fingerspitzen.

„Du hast mich sehr froh gemacht", sagte er. „Hab' keine Angst. Ich liebe dich so sehr und könnte dir niemals wehtun." Er streichelte zärtlich ihr Haar. Sie griff wieder nach seiner Hand und küßte die Handfläche.

Sie sah ihn an. „Ich habe mich vor diesem Moment gefürchtet, und jetzt bist du so verständnisvoll. Ich hätte dich niemals so lange warten lassen dürfen. Das tut mir leid."

„Es ist gut. Es ist alles in Ordnung." Perot befürchtete, daß es für sie zuviel werden könnte und beschloß, sich vorsichtig zurückzuziehen.

„Wenn wir uns am Freitag im *Niki* wiedersehen, darf ich dich dann zum Essen oder ins Kino einladen? Ich verspreche dir, ich bringe dich anschließend brav nach Hause, und ich tue dir nichts."

Sie streichelte ihn an der Wange. „Ich freue mich, mit dir auszugehen. Ich kann das *Niki* eigentlich schon lange nicht mehr ausstehen."

„Ich lasse dich jetzt in Ruhe und werde gehen", sagte er und schob sie behutsam von sich weg.

Da sah er, wie durch sie ein Ruck ging. Plötzlich hielt sie ihn am Arm fest.

„Die Vorzeichen haben sich geändert", sagte sie ernst zu Perot, der sie überrascht anblickte.

„Bitte geh' nicht weg", flüsterte sie.

„Nein." Er lächelte. „Ich gehe nicht weg."

Da zog sie ihn an sich und legte ihre Arme um seinen Nacken. Sie schenkte ihm ihren schönsten Blick. Und dann küßte sie ihn.

Perot spürte plötzlich, daß ihn Jacqueline durchdringend ansah.

„Du kannst nicht schlafen?", fragte sie. „Was bedrückt dich?" Sie lächelte ihn an.

Er drehte sich zu ihr und streichelte ihre Wange.

„Nein, ich bin nicht bedrückt", flüsterte er. „Ganz im Gegenteil. Ich mußte daran denken, wie du mich das erste Mal geküßt hast. Es war wunderschön."

Sie schmiegte sich an ihn. Er umarmte sie und küßte sie auf die Stirn. Sie spürte seine plötzliche Erregung und legte ihre kühlen

Hände auf seinen heißen Brustkorb. Jetzt schlug er die Decke zurück und drückte sie fest an sich.

Als sie nach einiger Zeit ruhig auf dem Bett lagen sagte Jacqueline plötzlich: „Weißt du, was ich damals bei mir in der Wohnung so besonders süß gefunden habe? Wie du auf meiner Metallplastik von Birgé gesessen bist und geglaubt hast, das wäre ein Sessel."

Die Tage und Wochen vergingen, und so war es Frühling geworden. Jacqueline hatte aufgrund der ausgezeichneten Zeugnisse, die ihr von den amerikanischen Stellen bei Helios Lorraine für ihre hervorragenden Arbeit ausgestellt worden waren, die Leitung der Abteilung von Eric Picard übernommen. Der Schürzenjäger hatte aus Berechnung ein Verhältnis mit der Frau des Aufsichtsratsvorsitzenden begonnen, was ihm in Windeseile das Genick brach, als die gute Frau genug von ihm und seinen Erpressungsversuchen hatte.

Die neue Tätigkeit zwang Jacqueline jedoch zu einer Reihe von Antrittsbesuchen, so daß sie häufig auf Reisen war und einen einsamen Perot zurücklassen mußte.

Der wiederum stürzte sich in die Arbeit und begann eine neue Serie, die er einem seiner Lieblingsthemen widmete: den Übergriffen der Sicherheitskräfte gegen die Bevölkerung. Die Vorgängerserien zu diesem Thema waren in den letzten Jahren große Erfolge gewesen und bereits auch als Buch erschienen. In einigen Fällen wurden sogar die Ermittlungen wieder aufgenommen, aber Perot hatte sich in den Reihen von Polizei, Gendarmerie und CRS eine Menge Feinde gemacht.

An diesem Abend im April war Perot von einer Recherche aus Wattrelos im Département Nord zurückgekommen. Dort war am 7. April 1993 ein Streifenwagen gerufen worden, um gegen Jugendliche, die mit gestohlenen Autos in der Gegend herumkutschierten, zu ermitteln. Einer dieser Jugendlichen, der siebzehnjährige Rachid Ardjouni, trat die Flucht an, als die Polizisten kamen.

Ein Beamter verfolgte ihn und holte ihn ein. Ardjouni war unbewaffnet und leistete keinen Widerstand. Der Polizist, er war zu diesem Zeitpunkt betrunken, stieß Ardjouni mit dem Gesicht zu Boden und kniete auf seinem Rücken, um ihm Handschellen anzulegen. Danach schoß er dem Jugendlichen in den Kopf. Ardjouni starb zwei Tage später. Der Beamte wurde freigelassen. Erst der Berufungsrichter leitete erneut Ermittlungen ein. Der Fall war noch immer nicht abgeschlossen. Perot hatte die Örtlichkeiten besichtigt und sich von Beteiligten über den Stand der Dinge informieren lassen.

Er stellte den Wagen in der Garage ab und schlich rechtschaffen müde auf die Haustür zu, als diese so plötzlich aufsprang, daß er heftig erschrak. Jacqueline kam auf ihn zu, umarmte ihn herzlich und küßte ihn.

„Hallo, mein Liebling!"

„Jacqueline! Welch' schöne Überraschung! Ich hatte erst in zwei Tagen mit deiner Rückkehr gerechnet!"

„Du solltest dein Handy nicht nur bei dir tragen, sondern auch einschalten, Daniel", sagte sie ernst. „Ich habe so oft versucht, dich zu erreichen!"

Perot nickte. Er hatte ein gestörtes Verhältnis zu Handys und lange Zeit eine Anschaffung abgelehnt. Doch dann hatte er einmal mitten im tiefen Winter in einer völlig verlassenen Gegend eine Panne, was ihn mehrere Stunden nächtlichen Fußmarsch durch den knietiefen Schnee kostete. Am nächsten Tag kaufte er ein Handy. Er fand es nun praktisch und bequem, von jedem Ort zu jeder Zeit anrufen zu können, haßte es aber, selbst jederzeit erreichbar zu sein. Außerdem konnte er es nicht ausstehen, das Gerät an der Kleidung zu befestigen und immer mit sich herumzutragen. So fuhr das Handy meist ausgeschaltet im Aktenkoffer mit. Jacqueline hatte mehrfach versucht, ihn zumindest zum Einschalten zu bewegen, und Perot bemühte sich redlich – aber vergeblich.

„Ich will mich bessern", versprach er zum wiederholten Male.

Jacqueline hatte gebadet und duftete besonders frisch. Sie war in einen seiner Pyjamas geschlüpft und hatte seinen Morgenmantel übergezogen. Beim Gehen mußte sie darauf achten, nicht über den Stoff zu stolpern.

„Wann bist du gekommen?"

„Ich bin seit etwa drei Stunden da", sagte sie. „Ich habe dir eine Kleinigkeit gerichtet. Du hast sicher wieder nicht gegessen."

Wie auf Bestellung knurrte Perot's Magen zustimmend.

Sie nahmen in der Küche bei dem kleinen Buffettisch Platz. Jacqueline hatte einen Teller mit verschiedenen Sorten Käse, Baguette, frischer Butter aus der Normandie, Nüsse, Obst und Wein gerichtet. Während Perot aß, berichtete sie von ihrer Reise. Die Arbeit interessierte sie sehr, aber die mit den Reisen verbundenen zahlreichen Aufenthalte in Hotelzimmern wurden ihr lästig.

„Doch jetzt ist für einige Zeit Schluß", beendete sie ihren Bericht. „Ich habe jetzt alles abgeklappert und kann mich wieder meiner Arbeit zuwenden. In der nächsten Zeit muß ich wahrscheinlich nur mehr alle zwei Monate nach Amerika."

Perot nickte glücklich. Er hatte gehofft, endlich wieder etwas mehr Zeit mit ihr verbringen zu können. Die Trennung traf ihn schwerer, als man ihm ansehen konnte.

„Hast du etwas von Patrick gehört?", fragte sie plötzlich.

„Nein, überhaupt nichts. Ich habe auch versucht, ihn per Handy zu erreichen, aber das Gerät ist nie eingeschaltet."

„Ich verstehe das nicht ..."

„Das ist doch nichts Außergewöhnliches", meinte Perot. „Du kennst ihn doch. Er hat sich schon mehrmals wochenlang rargemacht. Er wird sich schon wieder melden."

„Trotzdem, diesmal ist er doch in keiner Mission unterwegs. Ich habe ein merkwürdiges Gefühl", sagte sie. „Wenn ich morgen ins Büro gehe, sehe ich in seiner Wohnung nach, ob es was gibt. Hast du vielleicht Schlüssel?"

„Nein, die habe ich ihm zurückgegeben, damit er sie seiner Nachbarin geben kann. Die sieht ab und zu nach, ob alles in Ordnung ist. Sie heißt, Moment ..., ich glaube sie heißt Madame Evin.

Du müßtest bei ihr anläuten."

„Das werde ich tun", sagte sie.

Er beendete die Mahlzeit und nahm ein ausgiebiges Bad. Dann hüpfte er zu Jacqueline in das Bett.

Am nächsten Morgen war Jacqueline mit der RER in die Stadt gefahren und dann mit der Metro zur Place de la Bastille. Jacqueline und Perot waren begeisterte Benutzer der öffentlichen Verkehrsmittel im Großraum Paris und konnten nicht verstehen, daß man hier mit dem Auto unterwegs war, wenn man nicht unbedingt mußte. In einer Stadt, in der die nächstgelegene Metrostation nie weiter als fünfhundert Meter entfernt ist, brauchte man kein Auto, meinten sie. Jacqueline bedauerte nur, daß die schönen, auf Gummiräder laufenden alten Garnituren nach und nach gegen moderne, aber häßliche Wagen ausgetauscht wurden.

Jacqueline verließ die Station über den Ausgang zur Rue de la Roquette. Die Wohnung von Lacour lag nur wenige hundert Meter von der Station entfernt in dem Haus neben einem Fachgeschäft für Modelleisenbahnen. Jacqueline war immer von den kleinen Modellen fasziniert und blickte begeistert in die Auslagen.

Dann läutete sie an der Gegensprechanlage bei der Wohnungsnachbarin von Lacour.

„Ja?", blöckte eine weibliche Stimme aus dem Lautsprecher.

„Madame Evin?", fragte Jacqueline. „Mein Name ist Bertin. Ich bin eine Bekannte von Monsieur Lacour. Lassen Sie mich bitte hinein?"

„Monsieur Lacour ist nicht da!", antwortete die Stimme.

„Ich weiß", sagte Jacqueline. „Er ist auf Reisen. Aber er hat gesagt, sie passen auf die Wohnung auf. Und ich hätte sie gerne kurz gesprochen."

„Kommen sie `rauf", sagte die Stimme, und der Öffner schnarrte.

Jacqueline ging in das kleine Stiegenhaus. Sie betrat den Fahrstuhl und drückte den Knopf für den obersten Stock. Als sie oben ankam, wartete Madam Evin bereits vor ihrer Wohnungstüre. Sie war eine ältere, mausgraue Frau in Arbeitskleidung, und sie war gerade beim Großreinemachen. Sie lächelte Jacqueline freundlich an.

„Ich darf aber niemand in die Wohnung lassen", rief sie statt einer Begrüßung.

„Nein, nein", wehrte Jacqueline ab, „ich will gar nicht in die Wohnung. Mein Freund und ich machen uns nur langsam Sorgen, weil sich Monsieur Lacour so lange nicht mehr bei uns gemeldet hat. Ich wollte sie nur fragen, ob er sich vielleicht bei Ihnen gerührt hat."

„Nein", antwortete Madame Evin. „Ich habe ihn seit seiner Abreise nicht mehr gesehen und er hat sich auch nicht gemeldet. Nicht einmal geschrieben hat er diesmal."

„Ist Ihnen sonst vielleicht irgend etwas Ungewöhnliches aufgefallen? Hat jemand nach ihm gefragt?"

„Nein, überhaupt nicht. Ich habe hier nur die Post, die Reklame schmeiße ich immer gleich weg."

Jacqueline reichte ihr ihre Visitenkarte. „Bitte, Madame Evin, sollte er sich melden, oder sollte jemand nach ihm fragen, dann rufen Sie mich unter dieser Nummer an. Ich bin dort während der Woche immer zu erreichen. Notfalls sagen Sie meinem Sekretär, er soll mich suchen, ja?"

Madame Evin nahm die Karte und sah sie an. „Gut, mache ich."

„Danke", sagte Jacqueline und drückte ihr die Hand.

Sie machte kehrt und ging zurück zum Fahrstuhl.

„Auf Wiedersehen!", rief ihr die Nachbarin nach.

Nachdenklich stand Jacqueline wieder auf der Straße. Sie konnte sich des Gefühls nicht erwehren, daß irgendwas nicht stimmte. Beunruhigt machte sie sich auf den Weg in ihr Büro. Ab und zu blieb sie stehen und preßte eine Hand kurz gegen ihren Unterleib. Sie litt nach längerer Pause wieder einmal unter den Überbleibseln der Verletzungen, die ihr während der Vergewaltigung zugefügt worden waren. Eines Tages würde sie Daniel doch davon erzählen müssen.

Am Wochenende waren sie in Jacqueline's Wohnung verabredet. Sie wollten diesmal Zuhause bleiben und eine neu erstandene Platte anhören. Perot hatte seine Delikatessenhändler abgeklappert und brachte alles, was gut und teuer war, in großen Plastiktaschen mit.

„Aber Daniel", lachte Jacqueline, „erwartest du noch mehr Gäste? Das ist doch viel zuviel!"

„Ich will dich verwöhnen. Laß mich in die Küche."

Sie trat beiseite. Als er an ihr vorüberging, küßte er sie auf den Mund.

„Bitte, mein Schatz, machst du mir etwas zu trinken?"

„Casanis?"

„Jawohl, Casanis. Und nicht zu knapp!", rief er gutgelaunt.

Jacqueline verschwand, um die Getränke zu holen.

Perot breitete seine Köstlichkeiten aus. Die Ausstattung von Jacqueline's Küche entsprach bis auf die Designermöbel dem Durchschnitt eines französischen Haushaltes, und war somit nach Perot's Meinung absolut ungenügend. Deshalb beschränkte er sich beim Kochen in ihrer Küche auf einfache oder kalte Gerichte. Jacqueline hatte ihm verboten, ihre Küche umzuplanen, aber er trickste sie wenigstens in kleinen Bereichen aus. Als Gastgeschenk brachte er bei seinen Besuchen neben Blumen auch immer einen Topf von Spring oder ein Messer von Dick mit. Das konnte sie nicht ablehnen. Schwierig würde es erst werden, wenn er ihren Herd gegen ein professionelles Gerät austauschen wollte, was seiner Meinung nach unbedingt nötig war.

Perot stellte eine Marinade her, in die er hauchdünne Scheiben roher Gänseleber einlegte. Diese würde später auf Salat als Vorspeise dienen. Für das Hauptgericht hatte er frische Wachteln mitgebracht, die er nur kurz braten und in einer cremigen Sauce mit Rosinen servieren würde. Diese Sauce liebte Jacqueline wegen ihrer zarten Süße ganz besonders. Als Dessert bereitete er eine

Mousse au Chocolat vor, die so leicht war, daß sie fast davonflog.

Jacqueline hatte den Pastis serviert und war gegangen, um den Tisch zu decken und um sich schönzumachen.

Perot öffnete die Weinflasche und richtete die Speisen auf den Warmhalteplatten an. Er rief Jacqueline zum Essen.

Und diese hatte ihren Auftritt. Perot klappte der Unterkiefer herunter, als er sie sah. Sie trug ein hautenges, knielanges Kleid in dunkelgrün. Das Kleid war ärmellos und hatte einen Stehkragen. Der Stoff hatte einen metallischen Glanz. Ihre nackten Füße steckten in hochhackigen, geschlossenen Schuhen im selben Farbton. Sie war perfekt frisiert und geschminkt. Sie warf Perot einen Blick zu, daß dieser fast in die Knie ging.

„Einfach unglaublich", stammelte er. „Du siehst ganz einfach phantastisch aus."

Jacqueline lächelte geschmeichelt. Perot führte sie zum Tisch und hielt ihr den Sessel. Sie setzte sich nicht, sondern sie nahm Platz.

Perot servierte. Er hatte gelernt, für Jacqueline nur sehr kleine Portionen anzurichten, denn sie lebte in der ständig Angst vor einer Gewichtszunahme.

Nach der Mahlzeit richtete Jacqueline noch einen kleinen, aber sehr starken Kaffee. Als sie den Namen Illy auf der Dose las, mußte sie wieder an Lacour denken, der diesen Kaffee sehr liebte.

„Ich mache mir Sorgen um Patrick", sagte sie.

Perot sah sie an. „Du mußt dir keine Sorgen machen. Der geht nicht unter. Eher geht die Welt unter."

„Mich wundert, daß sich keine seiner zahlreichen Freundinnen nach ihm erkundigt hat. Zumindest hat Madame Evin behauptet, daß sich niemand gemeldet hat."

„Das wundert mich aber nicht", entgegnete Perot. „Soweit ich weiß, hat Patrick seine Adresse streng geheimgehalten, um eventuellen Verrücktheiten seiner Eroberungen zu entgehen. Meist hat er bei der jeweiligen Freundin gewohnt. Ich glaube nicht, daß es überhaupt viele Menschen gibt, die wissen, wo er wohnt."

„Ich weiß nicht ...", entgegnete sie.

„Wie sieht es aus", sagte er plötzlich. „Ich mache dir einen Vorschlag. Kannst du dich vielleicht für eine Woche oder zwei freimachen? Wir fahren nach Korsika und besuchen ihn. Ein bißchen Urlaub würde uns sehr gut tun, glaube ich. Was hältst du davon?"

„Ja, das ist eine ausgezeichnete Idee!", strahlte sie. „Ich habe wahnsinnig viel Urlaub stehen, und jetzt ist eine gute Zeit, wo doch die erste Aufregung vorbei ist. Wann wollen wir fahren?"

„Nun ja, sobald wie möglich, denke ich. Nächste Woche, das ist Anfang Mai. Das Wetter wird zwar noch nicht besonders sein, aber dafür müßte die Insel in voller Blüte stehen. Patrick schwärmt immer von der Blüte auf Korsika. Also, warum dann nicht?"

„Das ist wunderbar", freute sie sich. „Dann habe ich die kommende Woche noch Zeit, die dienstlichen Angelegenheiten zu regeln. Fliegen oder fahren wir?"

„Ich würde gerne mit dem Auto fahren, wenn du einverstanden bist. Erstens können wir uns ein paar Tage Zeit lassen, und so besser auf den Urlaub einstimmen. Zweitens ist die Strecke wunderschön und führt durch tolle Gegenden. Wir setzen dann mit der Fähre von Marsaille oder Toulon oder vielleicht Nizza über."

„Ja, das gefällt mir auch. Nizza wäre schön", sagte sie.

Während er an den Weinkauf in der Burgund und an die Freßtempel rund um Lyon dachte, war sie von der Aussicht, im Umland von Nizza Parfum einzukaufen, begeistert.

„Weißt du denn, wo Patrick seine Wohnung auf Korsika hat?", fragte sie.

„Er hat mir die Adresse gegeben, als er die Wohnung gemietet hat. Ich habe damals nicht aufgepaßt, aber ich habe die Notiz sicher bei meinen Unterlagen. Ich glaube, es ist in Ajaccio."

Sie tratschten noch etwas über den spontan geplanten Urlaub und ließen sich dann im Wohnzimmer zwischen den großen Lautsprechern nieder, um die neueste Errungenschaft von Jacqueline zu genießen: Eine alte Aufnahme von einem Spiel zwischen Panflöte und Orgel, zwei verwandte und doch so unterschiedliche Instrumente. Dargeboten wurden die wundervollen Stücke, die zu einem großen Teil aus Improvisationen bestanden, von dem damals noch unbekannten Gheorghe Zamphir und seinem Förderer, dem genialen Marcel Mercier.

Später bereitete Jacqueline noch einen Kräutertee auf der Basis von Lavendel und Basilikum zu. Sie lagen auf dem Teppich und lasen gemeinsam in Texten von Hermann Hesse. Anschließend badeten sie und gingen zu Bett. Während Perot ahnungslos ihrer Erotik erlag, ertrug Jacqueline tapfer ihre Schmerzen.

Sie verließen Paris am Samstag. Bei herrlichem Wetter und sehr guten Verkehrsbedingungen folgten sie der Autoroute du Soleil nach Süden.

Die erste Etappe brachte sie bis Beaune, wo sie sich im örtlichen Hotel Mercure für drei Nächte einmieteten. Sie besichtigten die wunderschöne Stadt und natürlich das Hospiz mit seinen bunten Dachschindeln. In den folgenden Tagen brachten sie kleine Rundfahrten in die Dörfer der Umgebung mit den weltberühmten Namen, die den Weinfreund freudig erschaudern lassen: Gevrey-Chambertin, Aloxe-Corton, Pommard, Morey, Chambolle-Musigny, der Clos de Vougeot, Vosne-Romanée, Volnay, Mersault, Nuits St. Georges und viele andere. Sie besuchten Dijon und kauften Senf und natürlich Cassis-Likör. Abschließend klapperten sie einige Weinhändler ab, und Perot gab überglücklich seine Bestellungen auf. Wenn er nach Paris zurückkam, würden ihn einige schöne Kisten erwarten. Als sie in das Hotel zurückkehrten, hatte Jacqueline einen Schwips vom vielen Kosten. Sie fiel Perot laufend um den Hals und versicherte ihm mit ernstem Gesicht, daß sie ihn liebte; er möge sich bitte darüber keine Sorgen machen. Dann entschlummerte sie sanft, während Perot den Wagen für die Weiterreise am nächsten Morgen vorbereitete.

Nach einem kleinen Frühstück konnten sie abreisen. Jacqueline fühlte sich etwas müde, aber sonst gut in Form. Perot, der eigentlich nicht geplant hatte, gleich drei Tage in Beaune zu bleiben, ließ den Plan für die Lokaltour im Raum Lyon fallen. Er wollte Jacqueline nicht die Möglichkeit nehmen, Nizza zu besuchen und ihre Parfumeinkäufe in Grasse zu tätigen. Vielleicht ergab sich bei der Rückfahrt eine Möglichkeit.

Sie verließen die Autobahn, um Avignon zu besuchen und beendeten die Etappe in der Nähe von Aubagne. Beide waren sehr müde und gingen bald zu Bett.

Beim Frühstück erzählte Perot, daß dieser Ort für ihn und auch für Lacour eine besondere Bedeutung hatte: In Aubagne befand sich nämlich das Hauptquartier der französischen Fremdenlegion. Er war damals bei seiner Recherche über die Legion hier gewesen und hier hatte die Freundschaft zwischen Patrick und ihm ihre Wurzeln. Lacour hatte ihm Zutritt zum Gelände verschafft und den Kontakt zu einigen Offizieren hergestellt, die Perot bereitwillig Rede und Antwort standen. Sie hatten einige Nächte durchgemacht, und es war eine tolle Sache gewesen.

Jacqueline hörte interessiert zu. Als Perot erzählte, daß es ein Museum auf dem Kasernengelände gab, wollte sie unbedingt dorthin.

„Wir sind aber schon knapp in der Zeit", meinte Perot.

„Dann zwicken wir es von Nizza ab", bettelte sie. „Bitte, Daniel. Ich hätte mir das Museum gerne angesehen. Vielleicht verstehe ich dann endlich, was Patrick an der Fremdenlegion so fasziniert."

Sie verlängerten an der Rezeption um eine Nacht und fuhren zu dem Kasernengelände Quartier Viénot. Der Besucherparkplatz war völlig leer. Auf dem Rasen um den Platz standen einige alte Panzer. Zwei Fremdenlegionäre, die an der Einfahrt mit ihren FA-MAS-Sturmgewehren Wache hielten, blickten Jacqueline ungeniert hinterher.

Jacqueline und Perot betraten die Vorhalle und lösten zwei Eintrittskarten. Drei Soldaten mit dem legendären weißen Képi boten sich in verschiedenen Sprachen an, sie zu führen, doch genau genommen richteten sie das Angebot nur an Jacqueline. Perot löste sie beleidigt aus der Gruppe und ging mit ihr unter den anfeuernden Rufen der Soldaten davon.

Über eine Treppe gelangten sie in den ersten Stock. Dort war eine Vielzahl von Relikten aus den Schlachten der Legion ausgestellt. Die ruhmreiche Geschichte wurde anschaulich erklärt, ergänzt um Kunstwerke, die von Legionären geschaffen worden waren. Der ganze Saal roch nach Männern und ihren Freundschaften, Abenteuer, Leid und Tod.

Jacqueline betrachtete interessiert die Objekte und verfolgte den Werdegang dieser Armee von einem Haufen ärmlicher, verlumpter Gestalten zu einer schlagkräftigen, bestausgebildeten Truppe aus waghalsigen Männern, die für Frankreich kämpfen und dabei von den Franzosen nicht unbedingt nur geliebt werden. Sie erfuhr von den wahren und erfundenen Geschichten, die zum Mysterium der Fremdenlegion beigetragen haben, und hörte die Namen von Prinzen bis hin zu berühmten Schriftstellern, die hier Dienst getan hatten. Und sie bestaunte das riesige Gemälde, das eine Szene aus der Schlacht von Camerone zeigt, die 1863 stattfand und eigentlich eine Niederlage war, aber von einem unglaublichen Heldenmut der Legionäre geprägt war. Der 30. April, der Tag der Schlacht, ist der höchste Feiertag der Legion und wird alljährlich mit großem Pomp begangen.

Sie besuchten die Ehrenhalle der Legion, in deren Wände die Namen aller Soldaten eingemeißelt sind, die für die Fremdenlegion ihr Leben ließen: *Legio Patria Nostra – die Legion ist unsere Heimat.* In dieser Halle wird auch die hölzerne Handprothese des Capitaine Danjou, dem Held von Camerone, aufbewahrt.

Sie verließen das Museum und traten in die heiße Sonne auf den Parkplatz hinaus. Jacqueline war sichtlich beeindruckt. Eine Gruppe junger Soldaten marschierte an ihnen vorbei, hin zum Monument aux Morts, einem Ehrenmal für die Toten. Es stand früher in der algerischen Zentrale der Legion, in Sidi-bel-Abbes. Nach dem Algerienkrieg wurde es nach Frankreich verschifft und im Quartier Viénot wieder aufgebaut. Die Soldaten übten zu den

Klängen des berühmten Marsches der Legion, *Le Boudin*, der *Blutwurst*.

Drei Soldaten, die gerade Gartenarbeiten verrichteten, bemerkten Jacqueline und machten ihrer Begeisterung unverhohlen Luft.

Perot sagte: „Also, du, in der Nähe einer Kaserne – eine wahrlich explosive Mischung."

„Du bist doch nicht etwa eifersüchtig?"

„Eifersüchtig? Ich? Aber wo. Trotzdem sollten wir jetzt gehen."

Sie lachte und ging mit ihm zum Auto.

Die letzte Etappe brachte sie am nächsten Tag nach Nizza. Sie nahmen im Hotel Sofitel Quartier und genossen einen wunderschönen Tag auf den Straßen, Plätzen und den weltberühmten Promenaden der Stadt. Perot sah mit Genugtuung, daß Jacqueline wirklich glücklich war. Sie war nicht mehr so ernst, plapperte viel und umarmte ihn bei jeder Gelegenheit.

Perot buchte eine Passage für die Überfahrt nach Korsika für den nächsten Tag bei der Gesellschaft SNCM, die Fahrten von Nizza nach Ajaccio anbot. Obwohl ein Expresskurs mit einem Schnellboot zur Verfügung stand, entschied sich Perot für die langsame Überfahrt während der Nacht auf einem der großen, schönen Schiffe.

Am Abend stand noch ein Besuch der berühmten Diskothek *Passepartout* auf dem Programm. Perot hatte erfahren, daß für den heutigen Abend eine Themennacht mit Musik von *Santana* angesetzt war. Sie tanzten und amüsierten sich bis tief in die Nacht hinein. Jacqueline war überglücklich und Perot marschierte mit ihr und mit vor Stolz geschwellter Brust vor den neidischen Gesichtern seiner Rivalen auf und ab. Erschöpft gingen sie zu Bett, als am Himmel der erste Silberstreif zu sehen war.

Nach dieser kurzen Nacht war der letzte Tag auf dem Festland dem Kauf von Parfum gewidmet, und sie waren nach Grasse gefahren. Jacqueline war in ihrem Element. Perot trottete ihr hinterher und lernte, daß die Entscheidung für diesen oder jenen Duft Stunden dauern konnte. Am späten Nachmittag mußte er Jacqueline mit sanftem Druck losreißen, damit sie die Überfahrt nicht verpaßten.

In dem kleinen Hafenbecken wirkte das Schiff, die *Ile de beauté*, riesig. Die Heckklappe des fast hundertsechzig Meter langen Schiffes war weit geöffnet, und die ersten Fahrzeuge verschwanden bereits im Inneren. Es konnten fünfzehnhundert Passagiere und fünfhundertzwanzig Fahrzeuge transportiert werden. Das war aber noch immer nichts gegen das Flagschiff der SNCM, die *Napoléon Bonaparte*, oder die schöne *Danielle Casanova*, die jeweils über zweitausend Passagiere und über achthundert Fahrzeuge aufnehmen konnten. Doch diese beiden Schiffe befuhren die stärker frequentierten Routen ab Marseille oder Toulon.

Perot lenkte den Wagen auf eines der Parkdecks. Er nahm einen Reisekoffer und beeilte sich, rasch aus dem Fahrzeug zu kommen, denn schon warteten die nächsten Autos, die Lücken aufzufüllen. Zuletzt standen die Wagen aus Platzgründen so eng beieinander, daß man kaum dazwischen durchgehen konnte. Jacqueline hatte ihr Kosmetikköfferchen gepackt und war zur Mitte des Schiffes, dort wo sich die Treppen zu den anderen Decks befanden, gegangen. Sie winkte Perot, er solle sich beeilen, denn es stank fürchterlich nach den Abgasen der Autos und den Dämpfen aus dem Maschinenraum. Zudem war es sehr laut. Doch kaum hatten sie das Treppenhaus betreten, als es schlagartig ruhiger wurde. Es war nur mehr ein leises Summen der Schiffsaggregate zu hören, und man konnte eine leichte Vibration spüren. Sie kämpften sich die schmalen Treppen hinauf bis zu einem Eingang, der auf eines der Hauptdecks führte. Perot ging zur Rezeption und nahm den Kabinenschlüssel in Empfang. Die Kabine lag zwei Decks tiefer, aber hier gab es überall breite, schöne Treppen.

Die Kabine war klein, aber ausreichend. Sie konnte bis zu vier Personen aufnehmen, die oberen Kojen waren jedoch hochgeklappt, so daß zwei Betten übrig waren. Diese waren frisch bezogen und für die Nacht hergerichtet. Es gab noch einen kleinen Kasten, eine enge Toilette und ein kleines Waschabteil mit einer Minidusche. Der Vorhang vor dem Bullauge war zugezogen. Jacqueline schob ihn beiseite, aber sie konnte nichts sehen, weil sich das Kabinenlicht in der Scheibe spiegelte. Sie richtete den Vorhang wieder, räumte den kleinen Koffer aus und verstaute die Sachen im Kasten.

„Wir fahren in Kürze ab", sagte Perot. „Komm, wir wollen an Deck gehen."

Jacqueline prüfte im Spiegel kurz ihr Aussehen und folgte ihm auf den Gang hinaus. Sie traten ins Freie und gingen zur Reling. Es war dunkel geworden, aber das Wetter war herrlich, es herrschte Windstille und für einen Frühlingstag war es sehr warm. Die Lichter von Nizza glimmten und gleißten, ein wunderschöner Anblick. Jacqueline hängte sich bei Perot ein, und sie gingen langsam die Reling entlang.

„Es ist wunderschön", schwärmte sie. „Es ist so stimmungsvoll. Und so friedlich."

Perot drückte sie an sich. „Ich bin glücklich, mit dir hierzusein."

Jacqueline küßte ihn zärtlich. Dann machte sie sich los und ging zur Reling. Sie sah ins Wasser. Perot beobachtete sie von der Seite und war fasziniert von ihrer Sinnlichkeit.

Plötzlich verstärkten sich die Vibrationen des Schiffsrumpfes; Matrosen erschienen und bereiteten das Ablegen vor. Viele Passagiere waren nun ins Freie getreten, um die Abreise zu verfolgen. Langsam bewegte sich das Schiff von der Kaimauer weg, und drehte sich in Richtung Hafenausfahrt. Die Menschen wechselten auf die andere Seite, um wieder den Blick auf Nizza genießen zu können. Perot und Jacqueline blieben auf der einen Seite, die jetzt menschenleer war. Die Stadt war verschwunden, man sah hinaus auf das schwarze Meer, die dunkle Küste und den dunklen Himmel. Die Lichter der Hafeneinfahrt blinkten rot und grün, und man konnte in der Ferne mehrere Leuchtfeuer sehen.

Jacqueline seufzte tief.

„Was ist mir dir?", fragte Perot mit ruhiger Stimme.

„Es ist so schön, aber ich habe Angst."

„Du hast Angst? Wovor?"

„Ich weiß es nicht. Aber im Moment wünschte ich mir, daß dieser schöne Tag nie aufhört."

Perot umfaßte sie und drückte sie an sich. So standen sie eine halbe Stunde und sahen zu, wie die Küste immer weiter zurückwich. Das Schiff hatte die offene Fahrrinne erreicht und erhöhte das Tempo. Ein frischer Wind hob sich.

„Laß uns hineingehen", sagte Perot.

Auf den Decks war es lebendig geworden. Die Reisenden besuchten die Geschäfte, gingen ins Kino oder ins Restaurant. Perot und Jacqueline wollten nichts essen, aber sie besuchten eine der Bars.

Sie nahmen in bequemen Sesseln bei einem kleinen Tisch Platz und bestellten zwei Pastis. Das Licht war gedämpft und aus den Lautsprechern trällerte *Mylene Farmer* ihr *Désenchantée*. Leise unterhielten sie sich über die Ereignisse auf ihrer Reise und besprachen ihre Ankunft.

„Wir werden um ungefähr sieben Uhr morgens in Ajaccio ankommen", schätzte Perot. „Das bedeutet Tagwache um fünf Uhr, wenn du ein Frühstück willst."

„Lieber länger schlafen, die letzte Nacht war doch auch so kurz", maulte sie. „Wir können doch dann an Land frühstücken?"

„Wie du willst. Ich habe für uns im Hotel Sofitel in Porticcio gebucht, das ist etwas außerhalb von Ajaccio. In der Stadt war so kurzfristig nichts in dieser Kategorie zu bekommen. Wir werden dort einmal einziehen, und dann sehen wir weiter."

„Fahren wir denn nicht gleich zu Patrick? Ich freue mich schon auf sein Gesicht, wenn er uns sieht!"

„Nun mal schön langsam, junge Dame. Ich muß erst herausfinden, wo das überhaupt ist. Und wer weiß, ob er da ist! Laß uns zuerst ins Hotel gehen."

„Gut, wie du meinst. Gehen wir noch einmal hinaus?"

Sie standen auf und wollten wieder auf das Freideck, doch die Tür war geschlossen. Auf einer Tafel stand zu lesen, daß das Freideck während der Nacht aus Sicherheitsgründen versperrt blieb.

„Schade", sagte Jacqueline. „Ich hätte gerne noch einmal die Lichter der Leuchttürme gesehen."

„Die sehen wir morgen in der Frühe auch, mein Schatz", sagte Perot und küßte sie zärtlich am Ohr. „Komm, laß uns gehen."

Sie gingen zurück in ihre Kabine und Jacqueline zwängte sich in die enge Dusche. Sie brauchte nur einige Minuten und räumte das Feld für Perot. Als er aus der Dusche kam, saß Jacqueline in aufreizender Haltung auf seinem Bett.

„He, das ist mein Bett!", tat Perot empört. „Dort drüben ist ihr eigenes, liebe Frau."

„Ich weiß", sagte sie nur und blickte ihn an.

Schon wieder dieser Blick, dachte Perot. Das Handtuch fiel ihm aus der Hand und er ging auf sie zu.

„Komm zu mir, Daniel", hauchte sie. „Komm gleich."

Er setzte sich neben sie und drückte sie behutsam auf das Bett. Sie atmete tief und zog ihn zu sich. Sie tauchten ein in einen Strudel der Gefühle, und Jacqueline, die seit ihrer Abreise aus Paris schmerzfrei geblieben war, genoß Perot's wilde Liebkosungen. Dann schliefen sie erschöpft ein.

Am nächsten Morgen erwachte Jacqueline in Perot's Armen.

„Du bist schon wach? Guten Morgen!", murmelte sie verschlafen und streckte sich. „Wie spät ist es denn?"

„Guten Morgen", sagte er und küßte sie leicht. „Es ist fast fünf Uhr. Es wird Zeit zum Aufstehen."

„Nein, noch ein bißchen", maulte sie und drehte sich wieder in seine Arme. Sie lehnte ihren Kopf an seine Brust. „Nur noch fünf Minuten."

„Nein, mein Schatz, das geht nicht mehr. Komm! Aufstehen! Du kannst schon Land sehen!"

„Was, wirklich?" Sie war plötzlich hellwach und setzte sich auf. „Ja, wo sind wir denn?" Sie sprang aus dem Bett und zog den Vorhang von dem Bullauge. Auf das Glas war eine blaue Folie geklebt, und so war die Sicht stark behindert. Es war noch dunkel, aber man konnte sehen, wie sich die Küste gegen den Himmel abhob. Jacqueline entdeckte sogar ein blinkendes Leuchtfeuer. Sie ging zurück zum Bett und setzt sich neben Perot.

„Sind wir denn schon da?", fragte sie.

„Nein, aber wir kommen aus dem Norden. Ajaccio liegt im südwestlichen Teil der Insel, also fahren wir einige Zeit die Küste entlang. Wir haben noch zwei Stunden Zeit."

„Aus dem Bett, du Faulpelz", rief Jacqueline. „Das müssen wir uns doch ansehen. Glaubst du, man kann schon auf das Freideck?"

„Ich denke schon."

Sie erledigten rasch die Morgentoilette und machten ihr Gepäck fertig.

Als sie die Kabine verließen, fragte Perot: „Willst du jetzt ein Frühstück?"

Sie sah auf die Uhr. „Nein, es ist mittlerweile bald sechs Uhr. Ich möchte lieber auf das Freideck, ja?"

Sie gingen über die Decks bis zum Ausgang auf das Freideck. Die anderen Passagiere waren ebenfalls bereits unterwegs; auf den Gängen herrschte reges Treiben.

Sie traten ins Freie hinaus. Sofort wurden sie vom frischen Wind erfaßt. Sie knöpften ihre Jacken zu und stellten die Krägen auf. Es war stark bewölkt, aber es war jetzt hell.

Jacqueline musterte die Küstenlinie. „Es sieht eigentlich aus wie die Küste vor Nizza. Und keine Leuchtfeuer mehr ...", sagte sie enttäuscht.

„Doch, dort ist eines!", rief Perot und zeigte in die Richtung. „Das könnte bereits zu Ajaccio gehören."

An den Hängen der Berge konnte man vereinzelte Dörfer wahrnehmen. Langsam lief das Schiff in den Golf von Ajaccio ein. Augenblicklich ließ der Wind nach. In der Ferne konnte man bereits die Stadt erkennen. Die Passagiere versammelten sich wieder auf dem Freideck. Ein schnelles Boot kam längsseits und ein Mann sprang in eine kleine Öffnung im Rumpf der *Ile de beauté*; es war eine Tür, knapp über der Wasserlinie, die von innen geöffnet worden war. Kaum war der Mann im Schiff verschwunden, wurde die Türe verschlossen und das kleine Boot drehte ab.

„Was soll denn das?", fragte Jacqueline erstaunt.

„Das ist der Lotse", erklärte Perot. „Ein Schiff dieser Größe darf in einen Hafen nur unter der Anleitung eines ortskundigen Lotsen einlaufen. Das war übrigens auch in Nizza so, beim Auslaufen. Kaum waren wir in der Fahrrinne, hat der Lotse das Schiff verlassen."

Die Stadt wuchs jetzt förmlich aus den Fluten.

„Das ist ja wunderschön!", rief Jacqueline begeistert, als sie die ersten Einzelheiten erkennen konnte.

Das Schiff hielt auf das Zentrum der Stadt zu, einen großen Platz mit vielen Palmen.

Perot starrte auf die Stadt. Sie war wirklich sehr schön. Er hatte sich Ajaccio ganz anders vorgestellt. Auch die modernen, hohen Gebäude an den Berghängen paßten gut zum Gesamtbild. Trotz der frühen Stunde herrschte auf den Straßen reges Leben, und Perot konnte einen Marktplatz mit vielen Ständen erkennen.

Das Schiff drehte wieder, um diesmal mit dem Bug an der Kaimauer anzulegen.

Die Passagiere stiegen in den Bauch des Schiffes zu den Autodecks ab. Es herrschte ein großes Gedränge, und Jacqueline und Perot wurden geschoben und gestoßen. Es war sehr unangenehm, bis sie ihr Fahrzeug erreichten. Erleichtert ließen sie sich in die Sitze fallen.

„Also, das war nicht lustig. Das ist ja fast wie bei einer Panik", sagte Perot.

„Ich verstehe das nicht. Was war da los? Hatten die Angst, sie müßten zurückbleiben?", fragte Jacqueline.

Doch das war noch nicht alles. Ein Lenker startete den Motor seines Autos, und viele machten es ihm nach. Dabei hatte das Schiff noch nicht angelegt, und die Bugklappe war noch geschlossen.

Trotz großer Ventilatoren füllten sich die Parkdecks mit den Abgasen. Perot prüfte, ob alle Fenster dicht geschlossen waren. Die Temperatur im Fahrzeug stieg rasch an. Jacqueline blickte etwas beunruhigt, und Perot nahm ihre Hand.

„Es ist gleich vorbei."

„Diese schlechte Luft", klagte sie. „Hoffentlich dauert es nicht mehr lange."

In diesem Moment hob sich die Bugklappe. Die Fahrer ließen ihre Motoren röhren, wie wenn der Start eines Grand Prix bevorstünde.

Endlich setzte sich etwas in Bewegung. Die schmale Bugklappe wirkte wie ein Flaschenhals, aber an der Ausfahrt stand Schiffspersonal, welches die Autos nach und nach aus dem Schiffsrumpf leitete.

Perot lenkte den Wagen die steile Rampe hinunter auf den Kai. Sie mußten durch die Hafenanlagen fahren und an einer kleinen Gruppe von Gendarmen vorbei, die von jedem vorbeirollenden Auto kurz Notiz nahmen. Perot bemerkte nicht, daß er von einem Gendarmen intensiv gemustert wurde. Als der Wagen um die Ecke bog, notierte der Beamte die Autonummer und griff nach einem Telefonhörer.

Perot fuhr auf die Straße hinaus.

Sie verließen die Stadt in Richtung Bonifaco. Jacqueline genoß trotz des mäßigen Wetters die mediterrane Stimmung und beobachtete aufmerksam die Umgebung. Sie kamen zuerst am Bahnhof vorbei und erreichten die Ausfallstraße, die zum Campo del Oro, dem Flughafen von Ajaccio, führte. Kurz danach teilte sich die Straße, die Hauptroute lief weiter in den Süden der Insel, die Nebenstraße folgte der Küstenlinie in Richtung Porticcio.

Sie waren keine fünfzehn Minuten gefahren, da erreichten sie schon Porticcio. Der Ort war eine typische Touristenhochburg mit Hotels, Bungalowsiedlungen, Strandpromenade, Restaurants und Geschäften. Zwischen den Gebäuden konnte man einen herrlichen Strand sehen, und man hatte einen atemberaubenden Ausblick über den Golf auf die Stadt Ajaccio.

Perot hielt Ausschau nach dem Hotel und wäre fast an der Einfahrt vorbeigefahren, wenn Jacqueline nicht im letzten Moment eine Hinweistafel gesehen hätte.

Sie stellten den Wagen auf dem Parkplatz vor dem großen, modernen Bau ab. Das Hotel, in dem sich auch ein Institut für Thalassotherapie befand, war auf einer kleinen Landzunge angelegt. Sie gingen in die Halle.

Perot trat an die Rezeption. „Guten Tag, mein Name ist Perot. Ich habe eine Suite reserviert."

Der Empfangchef erwiderte den Gruß und sah in seinen Unterlagen nach. „Ah, ja. Hier. Madame Bertin und Monsieur Perot. Hier ist ihr Schlüssel. Die Suite befindet sich im dritten Stock. Würden Sie sich bitte hier eintragen?"

Perot nahm die Eintragungen vor.

„Wie lange möchten Sie bleiben?"

„Auf jeden Fall die nächsten paar Tage. Sagen wir vorerst bis Freitag."

„In Ordnung. Ich lasse ihr Gepäck hinaufbringen. Kann ich sonst noch etwas für Sie tun?"

„Ja. Können wir hier ein Frühstück bekommen? Wir haben noch nichts im Magen."

„Selbstverständlich. Bitte nehmen Sie im Frühstücksraum Platz."

Perot bedankte sich und ging mit Jacqueline in den geschmackvoll eingerichteten Frühstücksraum. Es gab nur wenige Gäste, und es waren auch nicht alle Tische gedeckt.

Noch keine Saison, dachte Perot. Im Sommer sieht es hier wahrscheinlich ganz anders aus.

Sie ließen sich ein großes Frühstück servieren. Perot war ausgesprochen hungrig und langte ordentlich zu, aber Jacqueline begnügte sich wie immer mit ein paar Bissen.

Nach der Mahlzeit bezogen sie ihre Unterkunft. Die Suite bestand aus einem Vorraum, Toilette, einem großzügig angelegten Bad, einem großen, mit dunkeln Möbeln eingerichteten Wohnzimmer, und einem etwas kitschigen Schlafzimmer mit vielen Maschen und Rüschen. Das Gepäck stand bereits im Vorraum.

Jacqueline durchquerte das Wohnzimmer und öffnete eine große Balkontüre. Sie trat auf den Balkon hinaus und blickte verzaubert in die Runde. Vor ihr lag der Golf mit seinen herrlichen, weißen Stränden. Im Hintergrund blitzten die Häuser von Ajaccio in der Sonne, die sich jetzt langsam hervorwagte.

„Es ist ganz einfach traumhaft", sagte sie leise.

„Ja, es ist wunderschön", sagte Perot, der hinter sie getreten war.

„Ich habe die Fotos in den Prospekten immer für maßlos übertrieben gehalten, aber das ist wirklich die Insel der Schönheit. Und siehst du, wir sind zur rechten Zeit gekommen, überall Blüten und Blumen." Sie zeigte auf die üppig wuchernde Vegetation.

Perot gefiel besonders, daß sich unmittelbar hinter den schönen, breiten Stränden die Berge mit den steilen Hängen auftürmten. Er freute sich schon auf einen Ausflug auf den berühmten Bergstraßen der Insel.

Jacqueline blieb noch etwas auf dem Balkon stehen und träumte, doch dann riß sie sich los und räumte die Koffer aus.

Perot setzte sich zu einem Tischchen, auf dem das Telefon stand.

„Ich werde jetzt einmal fragen, wie wir zur Wohnung von Patrick kommen." Er hob den Hörer ab und fragte, nachdem sich die Telefonistin gemeldet hatte: „Bitte, können Sie mir sagen, wo ich das Quartier Pietralba finde?" Er lauschte der Antwort und machte Notizen. „Vielen Dank." Er legte auf.

„Du, wir sind auf dem Weg hierher fast vorbeigefahren. Es ist am Rand von Ajaccio, nicht schwer zu finden."

„Na, dann nichts wie los. Ich freue mich schon sehr, Patrick wiederzusehen. Er wird Augen machen!"

„Ich glaube zwar nicht, daß es einen Sinn hat, aber ich versuche nochmals seine Handynummer. Vielleicht haben wir Glück."

Er hob wieder ab und wählte Lacour's Nummer. Aber wie schon seit Wochen hörte er nur die Tonbandstimme, die ihm mitteilte, daß das Gerät nicht eingeschaltet war.

Sie gingen zu dem Wagen und fuhren zurück nach Ajaccio. Kurz nach der Stadteinfahrt zweigte die Straße nach Mezzavia ab, und dort lag auch das Quartier Pietralba. Es waren mehrere, modern-häßliche Stockbauten, die schon wieder etwas Farbe vertragen würden. Perot fand den gesuchten Block im ersten Anlauf. Sie parkten den Wagen auf dem vorgesehenen Platz und gingen zur Eingangstür. Sie war natürlich verschlossen. Jacqueline suchte ein Schildchen mit dem Namen ihres Freundes, konnte aber keines entdecken.

„So ein Mist. Ich werde jetzt irgendwo anläuten."

Sie drückte den Knopf neben einem Namen, aber niemand meldete sich. Sie versuchte es weiter, und beim vierten Namen hatte sie endlich Glück.

„Guten Tag", sagte Jacqueline, nachdem sich eine männliche Stimme gemeldet hatte. „Ich suche Monsieur Lacour, der hier in dem Haus wohnen soll, aber ich kann seinen Namen an der Tafel nicht finden. Können Sie mir vielleicht weiterhelfen?"

„Ich kenne keinen Monsieur Lacour", antwortete die Stimme.

„Die Adresse ist aber sicher richtig. Er muß hier in diesem Haus wohnen."

„Wer soll das sein? Ich habe den Namen noch nie gehört."

„Vielleicht hilft Ihnen eine Beschreibung? Er ist groß, füllig, mit dichtem, schwarzen Haar und einem Vollbart. Er ist manchmal etwas merkwürdig gekleidet. So ein Typ müßte Ihnen doch aufgefallen sein."

„Ach ja, der ist das. Ja, den kenne ich. Da müssen Sie bei Rioux anläuten. Aber ich glaube nicht, daß er da ist. Ich habe den komischen Vogel seit Wochen nicht mehr gesehen. Aber das muß nichts bedeuten, ich bin öfters für länger weg. Versuchen Sie's bei Rioux", wiederholte die Stimme.

„Danke vielmals!", rief Jacqueline und drückte den Knopf neben dem Schild mit dem Namen Rioux. Es meldete sich niemand. Plötzlich öffnete sich die Tür und eine junge Frau trat aus dem Haus. Sie hielt einen kleinen Jungen an der Hand.

Perot sprach sie an. „Verzeihen Sie, Madame, wir suchen Monsieur Lacour. Wir haben soeben erfahren, daß er in der Wohnung von Monsieur Rioux wohnen soll, aber er dürfte nicht da sein. Haben Sie ihn vielleicht in letzter Zeit gesehen?"

„Lacour? Der große Dicke mit dem schwarzen Bart?"

„Ja, das ist er!", rief Jacqueline.

„Ja, der war immer sehr nett. Wir haben uns gut unterhalten. Er war sehr lustig. Dann war er plötzlich weg. Dabei dachte ich schon ..." Sie war plötzlich sehr traurig.

Perot hätte wohl gerne gewußt, was sein Freund so Lustiges gesagt haben könnte, aber er bekam so eine Ahnung, nachdem er die Frau näher gemustert hatte. Sie war rothaarig, und außerdem eine kleine Schönheit.

„Wann haben Sie ihn zuletzt gesehen?", fragte Jacqueline, die jetzt ganz genau wußte, wer die Frau war.

„Das ist schon einige Wochen her."

„Sind Sie da ganz sicher?", fragte Perot. „Ist es möglich, daß Sie es nicht bemerkt haben, wenn er da war?"

„Ich bin mir ganz sicher. Man hat fast immer gehört, wenn er da war. Ich bin schließlich seine Nachbarin, und manchmal war es ganz schön laut. Natürlich habe ich ihn nicht immer gehört, aber über einen so langen Zeitraum – nein, ausgeschlossen. Ich habe eigentlich geglaubt, er ist wieder weggezogen."

„Nun, er wollte sich doch etwas Endgültiges suchen", meinte Jacqueline. „Vielleicht ist er wirklich woanders?"

„Haben Sie vielleicht einen Schlüssel zu der Wohnung?", fragte Perot.

„Wo denken Sie hin", sagte die Frau. „Natürlich nicht!"

„Können Sie mir vielleicht die Nummer der Hausverwaltung geben?"

„Die hängt da drinnen an der Wand. Kommen Sie." Sie öffnete die Eingangstüre und ließ Perot und Jacqueline eintreten. „Sie können sie hier abschreiben."

„Vielen Dank, Madame. Sie haben uns sehr geholfen", sagte Jacqueline.

„Keine Ursache", antwortete sie. „Ich muß jetzt gehen, auf Wiedersehen."

Damit verließ sie das Haus und zerrte den Jungen, der zu quängeln begonnen hatte, hinter sich her.

Perot tippte die Telefonnummer der Hausverwaltung in sein Handy.

Nach langem Läuten meldete sich der Chef der Agentur persönlich. Perot erzählte von Lacour und bat um Auskunft, ob denn die Wohnung überhaupt noch an ihn vermietet sei. Zuerst wollte der Mann keine telefonische Auskunft erteilen, erklärte sich dann aber doch bereit, in den Unterlagen nachzusehen. Perot wippte ungeduldig auf den Füßen, bis sich der Mann wieder meldete.

„Aha, es besteht also noch ein Vertrag, und die Miete trifft regelmäßig ein. Ich danke Ihnen vielmals." Er unterbrach die Verbindung. „Na, siehst du. Es ist wieder so, wie immer. Er ist ganz einfach verschollen. Ich wette mit dir, er wohnt wieder bei einer Freundin. Ganz so, wie in Paris."

„Aber, wie finden wir das heraus?", fragte Jacqueline.

„Wenn er in Ajaccio ist, müßten wir ihn finden. Ein Typ wie er fällt auf. Und so groß ist die Stadt auch wieder nicht. Wenn er allerdings irgendwo anders ist ..."

„Aber wir machen jetzt Urlaub", sagte Jacqueline fest. „Komm, stürzen wir uns in das Vergnügen."

Perot schrieb noch rasch eine Nachricht auf einen Zettel und warf sie in den Postkasten mit dem Kärtchen lautend auf Rioux. Aus dem Geräusch, das der Zettel beim Hineinfallen machte schloß

Perot, das der Briefkasten leer war. Lacour dürfte also seine Post abholen, aber vielleicht bekam er auch keine, was sehr wahrscheinlich war.

Sie fuhren in das Zentrum der Stadt und stellten den Wagen in der Tiefgarage ab. Ajaccio ist eine langgestreckte Stadt, und es führt im Wesentlichen nur eine Hauptstraße, der Cours Napoleon, hinein, und nur eine direkt am Hafen, der Quai L'Herminier und seine Verlängerung, wieder hinaus. Das ganze Leben spielt sich hauptsächlich entlang dieser Straßen ab, und um den Bereich zwischen der Place Général-de-Gaulle und dem Hafen.

Perot hielt einen Michelin-Führer in der Hand und machte für Jacqueline den Fremdenführer. Alles dreht sich hier um das berühmteste Kind dieser Stadt, Napoléon Bonaparte, der allerdings zu Lebzeiten für die Insel nicht viel übrig gehabt hatte.

Sie besuchten das Musée Napoléon und das Musée Fesch und informierten sich über die bewegte Vergangenheit der Insel, deren Urbevölkerung bis auf den heutigen Tag mit Ausnahme weniger Jahre immer dem Diktat fremder Mächte unterworfen war. Daß viele der Bewohner mit dieser Situation nicht einverstanden waren, zeigten unter anderem die überall vorhandenen Schmierereien an den Wänden, meist Parolen der korsischen Untergrundorganisation FLNC, aber auch die zahlreichen von Schrotkugeln durchsiebten Verkehrszeichen.

Gegen halb zwei Uhr nachmittags nahmen sie ein kleines Mittagessen zu sich, in einem netten Restaurant, das sich *Au Petit Caporal* nannte. Gleich davor stand ein Springbrunnen, in dessen Mitte eine Darstellung Napoleons als erster römischer Konsul zu sehen war.

Nachmittags besuchten sie den Markt von Ajaccio. Perot war begeistert und in seinem Element. Die Insel bot eine Reihe von Spezialitäten, von Eßkastanien über Käse bis zum Wein, und hier war alles wunderschön präsentiert. Perot nahm sich vor, nichts auszulassen.

Bereits etwas ermattet kamen sie zur Place Général-de-Gaulle zurück, wo sich die Tiefgarage befand. Perot wollte unbedingt noch einen kleinen Kaffee trinken, und so setzten sie sich vor das *Café des Sports* und machten noch eine kleine Pause.

Unmittelbar gegenüber befand sich ein großer Taxistandplatz.

Jacqueline stand plötzlich auf und sagte zu Perot: „ Ich komme gleich wieder. Ich habe da eine Idee."

Sie überquerte die Straße und ging auf eine Gruppe von Taxifahrern zu, die bei den Palmen lehnten und auf Kundschaft warteten. Perot sah, wie sie sich angeregt mit den Fahrern unterhielt, und plötzlich kam sie in Begleitung eines kleinen, dicklichen Mannes zu Perot zurück.

„Daniel, darf ich dir Monsieur Pierre Azan vorstellen? Er kennt Patrick!"

Perot stand auf und reichte dem Mann, der ihm gerade bis zum Kinn ging, die Hand. „Mein Name ist Perot. Bitte nehmen sie Platz. Darf ich Sie einladen?"

Der Mann setzte sich. Er hatte einen dünnen Oberlippenbart, und nur mehr wenig Haare auf dem Kopf. Er trug eine Brille mit dicken Gläsern. Perot schätzte ihn auf fast sechzig Jahre. Jacqueline setzte sich neben ihn.

„Ja, gerne." Er winkte dem Ober. „Marc, einen Tango für mich!"

„Sie kennen Monsieur Lacour? Wir suchen ihn." Er erzählte einige Episoden der Geschichte, die seiner Meinung nach für Azan von Bedeutung waren. „Und so hoffen wir, daß Sie uns weiterhelfen können. Wissen Sie, wo er steckt?"

„Nein, das kann ich Ihnen leider auch nicht sagen", entgegnete Azan. „Aber er ist öfter mit mir gefahren."

„Er ist mit Ihnen gefahren? Hatte er denn kein Auto?"

„Oh, doch" sagte Azan. „Aber er hat mich zeitweise gemietet. Er ließ sich dann von mir die Insel zeigen. Und später habe ich ihn immer gefahren, wenn er in Damenbegleitung war. Eine mit roten Haaren. Manchmal war auch ein kleiner Junge dabei."

Jacqueline lächelte wissend.

„Und wann ist er das letzte Mal mit Ihnen gefahren?", fragte sie.

„Das muß jetzt fast acht Wochen her sein."

„Acht Wochen!", sagte Jacqueline entsetzt. „Und Sie haben ihn seither nicht mehr gesehen?"

„Nein, ich dachte, er sei überraschend abgereist. Ich habe mich noch etwas geärgert, denn wir hatten ein gutes Verhältnis, und er hatte sich nicht einmal verabschiedet. Sie haben keine Ahnung, wo er jetzt ist?"

„Nein, überhaupt keine", sagte Perot. „Wir haben nur herausbekommen, daß er seine Miete noch bezahlt, obwohl das natürlich auch ein Dauerauftrag sein kann, was ich stark annehme. In dem Haus dürfte er aber auch schon länger nicht gewesen sein."

„Und wenn er bei einer Freundin wohnt?", fragte Jacqueline.

„Nicht in Ajaccio", meinte Azan. „Da hätten ich oder meine Freunde", er deutete auf die anderen Fahrer, „ihn auf jeden Fall gesehen. Vielleicht ist er wirklich nicht mehr hier auf der Insel."

„Theoretisch ist das natürlich möglich", meinte Perot. „Aber daß er so gar nichts gesagt hat ..."

„Sein Auto ist doch auch fort", sagte Azan.

„Woher wissen Sie das?"

„Na, er hatte es immer an der gleichen Stelle vor dem Haus stehen. Ich habe es immer gesehen, wenn ich vorbeigefahren bin. Der Wagen ist auch schon lange weg."

„Mhh. Wir werden sehen. Auf jeden Fall möchte ich mich bedanken, Monsieur Azan." Er hielt ihm einige Scheine hin.

„Nein, das kommt nicht in Frage", lehnte Azan ab. „Ich konnte ihn gut leiden, obwohl er ein komischer Vogel war, wenn ich das so sagen darf. Ich hoffe, es geht ihm gut."

„Das hoffen wir auch. Kann man Sie noch immer mieten?"

„Ja, natürlich. Warum?"

„Wie sieht es mit morgen aus? Können wir Sie für einen Tag mieten? Sie könnten uns die Insel zeigen."

Azan griff in die Sakkotasche und zog einen Kalender heraus.

„In der Frühe habe ich eine Fuhre zum Flughafen, aber sonst, ja, gerne!" Er zückte einen Kugelschreiber.

„Wir wohnen im Sofitel in Porticcio", sagte Perot. Können Sie um neun Uhr da sein?"

„Ja, gerne." Azan stand auf. „Vielen Dank, bis morgen."

„Wir danken Ihnen", sagte Jacqueline und schenkte ihm ein bezauberndes Lächeln. „Auf Wiedersehen bis morgen."

Azan ging zu seinen Kollegen zurück, die seinen Platz freigehalten hatten. Perot sah, wie er seinen neugierigen Kollegen Bericht erstattete.

„Was machen wir jetzt?", fragte Jacqueline. „Wo hat er sich bloß versteckt, und, vor allem, warum?"

„Ich habe mit Patrick die tollsten Dinge erlebt", sagte Perot. „Du mußt mit allem rechnen. Ich sage dir, plötzlich taucht er auf und lacht uns aus."

„Aber ich hatte mich schon so auf ihn gefreut. Und hier ist es so schön. Wir könnten doch einige herrliche Tage verbringen."

„Du mußt dich leider mit mir begnügen", lachte Perot und drückte ihr einen Schmatz auf die Stirn. „Komm, wir fahren heim. Zum Hotel gehört ein nettes Lokal direkt am Meer. Dort können wir uns ausruhen."

Sie gingen an dem Standplatz vorbei und winkten Azan zu. Der grüßte zurück. Dann stiegen sie in den Wagen in der Garage und kehrten ins Hotel zurück.

Perot ging an die Rezeption und verlangte den Schlüssel.

„Können Sie mir auch eine Flasche Wein auf das Zimmer bringen lassen?", fragte er.

„Selbstverständlich. Was wünschen Sie, bitte?"

„Bitte empfehlen Sie mir einen korsischen Wein. Ich bin das erste Mal hier und habe noch keine Kenntnisse."

„Es gibt hier in erster Linie Rotweine, etwas Rosé, ein wenig Weißwein, und diverse Fruchtweine."

„Nein, nein, bitte Rotwein, und zwar trocken."

„Ich empfehle Ihnen einen Compte Peraldi. Er stammt aus dem Weinbaugebiet um Ajaccio. Er ist nicht zu leicht, aber auch nicht schwer, und trocken."

„Ja, den versuchen wir. Bitte eine Flasche, und Wasser dazu. Danke sehr."

Er schob einen Schein über den Tresen und folgte Jacqueline.

Jacqueline war schon unter der Dusche, als es an der Tür klopfte. Perot erwartete einen Pagen mit dem Wein und öffnete schwungvoll die Tür. Draußen stand ein Mann, der zwar ein Tablett mit einer Flasche und zwei Gläsern in der Hand hielt, aber niemals ein Etagenkellner war.

„Wer sind Sie und was wollen Sie", sagte Perot unwirsch. „Haben Sie hier meinen Wein? Sie sind doch nicht vom Personal."

Der Mann war etwa fünfundvierzig Jahre alt, so groß wie Perot und sehr muskulös gebaut. Er hatte dünnes, braunes Haar und war bartlos. Er trug einen grauen Straßenanzug und trotz der hohen Temperatur eine Krawatte.

„Nein", antwortete er mit unangenehm hoher Stimme. „Ich habe den Wein nur gleich mitgenommen. Ich möchte Sie sprechen, Monsieur Perot. Sie sind doch Monsieur Perot."

„Wer sind Sie?"

„Mein Name ist Alain Rouard, Monsieur Perot. Ich komme von der hiesigen Gendarmerie. Darf ich eintreten?"

Perot trat verblüfft zur Seite. „Gendarmerie? Habe ich falsch geparkt?"

Rouard trat in den Vorraum und stellte das Tablett auf einem Beistelltisch ab.

„Zeigen Sie mir bitte Ihren Ausweis, Monsieur Perot."

„Zeigen Sie mir zuerst mal Ihren", forderte Perot.

Rouard griff in die Innentasche seines Jackets und zog eine Hülle hervor, die er Perot unter die Nase hielt. Perot konnte sehen, daß Rouard Angehöriger eines Sonderbüros der Gendarmerie Nationale war.

Perot ging zu seiner Tasche mit den Papieren und kramte nach seiner Identitätskarte, als Jacqueline plötzlich splitternackt aus dem Bad kam.

„Du, Daniel ...“ begann sie, als sie plötzlich Rouard entdeckte. „Hoppla“, rief sie und versuchte, mit den Händen ihre Blöße zu bedecken. Rückwärts gehend verschwand sie wieder im Bad.

Perot sah, daß Rouard widerlich grinste.

„Und das war wohl Madame Bertin“, stellte Rouard fest. „Sehr erfreulich. Geben Sie mir auch ihre Papiere.“

Perot reichte ihm beide Ausweise. Rouard sah sie durch. Jacqueline tauchte wieder auf, diesmal in einen Bademantel eingehüllt.

„Wer ist denn das“, fragte sie Perot.

„Gendarmerie“, sagte er.

„Gendarmerie? Warum?“

„Ich hoffe, wir werden es gleich erfahren.“

„Was ist der Zweck Ihres Besuches hier auf Korsika?“, fragte Rouard förmlich.

„Zuerst möchte ich wissen, was Sie uns vorwerfen“, sagte Perot.

„Ich werfe Ihnen gar nichts vor, Monsieur Perot. Was wollen Sie hier?“

„Das geht Sie nichts an“, blaffte Perot. „Wenn Sie uns nichts vorzuwerfen haben, was wollen Sie dann von uns?“

„Ich möchte Sie warnen.“

„Warnen? Wovor?“

„Einer unserer Beamten hat Sie heute vom Schiff fahren gesehen. Sie sind hier nicht willkommen, und ich möchte Ihnen empfehlen, so schnell wie möglich wieder abzureisen. Am besten gleich morgen.“

„Was wollen Sie eigentlich? In wessen Auftrag sind Sie hier? Warum sollen wir wieder weg?“

„Ihre Rotzartikel über uns haben hier ganz schöne Wellen geschlagen“, sagte Rouard. „Seien Sie froh, daß ich hier bin, um Sie zu warnen, bevor man Ihnen die Fresse poliert. Hauen Sie ab."

Perot ging ein Licht auf. Er sah die entsetzte Jacqueline an. „Jetzt verstehe ich. Ich habe denen hier in einer Serie ganz schön die Leviten gelesen, wegen des Brandanschlages auf allerhöchste Anordnung. Noch dazu eine völlig stümperhafte Aktion. Einer der Gendarmen ist sogar selbst abgebrannt."

„Sie haben keine Ahnung, wie das hier läuft, Sie Scheißer. Wir haben sowieso die allergrößten Probleme bekommen, aber Ihre Schmierage hat uns den Rest gegeben. Sie haben nicht einmal versucht, die Hintergründe zu verstehen. Sie wissen ja gar nicht, was hier los ist, und was es bedeutet, auf dieser Insel Polizist zu sein. Aber Sie haben auf uns hinuntergespuckt. Und jetzt sind sie natürlich sofort hergekommen, um weiter herumzuschnüffeln. Wohl Blut geleckt, was? Ich kann Ihnen nur dringend empfehlen, die Fliege zu machen. Es hat sich schon herumgesprochen, daß Sie hier sind. Ich sage es Ihnen nur noch einmal: Verschwinden Sie! Trinken Sie Ihren Wein, ficken Sie Ihr Flittchen und, verdammt noch einmal, hauen Sie ab!" Er warf die Ausweise auf den Tisch, drehte sich um und schickte sich an, den Raum zu verlassen.

Perot wollte sich auf ihn stürzen, da drehte sich Rouard um.

„Wagen Sie es nicht, einen Finger gegen mich zu erheben, sonst machen wir Sie fertig."

Er drehte sich um, trat auf den Gang und warf die Tür hinter sich zu.

Jacqueline umarmte Perot. „Um Gottes Willen, was war denn das?" sagte sie.

„Der Kerl hat dich beleidigt. Laß' mich, ich muß ihm nach", sagte Perot mit einer Stimme, die einem das Fürchten lehren konnte.

Sie rüttelte ihn. „Jetzt sei doch vernünftig. Glaube mir, ich habe schon ganz andere Sachen gehört. Beruhige dich. Komm und er-zähl' mir. Was ist das für eine Geschichte?"

„Du kennst doch die Situation hier", begann Perot seinen Be-richt. „Die korsischen Separatisten streben seit vielen Jahren nach der Unabhängigkeit von Frankreich. Früher waren die Terroristen wenigstens darauf bedacht, nur Sachschaden anzurichten, aber der Kampf ist immer brutaler geworden. Meiner Meinung nach ist auch von den ursprünglichen Zielen nicht mehr viel übriggeblieben. Mit der Zeit haben sich viele Splittergruppen gebildet, und ein wahrscheinlich großer Teil davon verfolgt auch kriminelle Ziele und hat keine oder wenig politische Inhalte mehr. Aber trotzdem, auch die Nationalisten machen den Behörden noch immer zu schaffen, obwohl sie mittlerweile offiziell auftreten können. Wie dem auch sei, auf jeden Fall war ein trauriger Höhepunkt die Ermordung des Präfekten Claude Erignac im Februar 1998. Sie haben ihn damals ganz einfach umgenietet. Das war der Tropfen, der das Faß zum Überlaufen brachte. Die Regierung in Paris beschloß darauf, hart durchzugreifen, und schickte als neuen Präfekten Bernard Bonnet, und der war direkt dem Innenministerium unterstellt. Er hatte auch gute Verbindungen zum Innenminister Jean-Patrick Chevénement und zu Premier Jospin. Und Bonnet hat wirklich hart durchgegriffen. Er hat sich eine Spezialtruppe aufgebaut, ich glaube, so um die siebzig Mann stark, und ist über die Insel gerauscht. Er nannte die Aktion *Saubere Hände*. Es gab einige spektakuläre Erfolge. Es gab weniger Attentate, und mehr Steuerprüfungen zugunsten des französischen Klingelbeutels. Damit hat er sich in Paris beliebt gemacht, aber nicht unbedingt hier. Man hat das bei den Regionalwahlen gesehen. Und jetzt ging's erst richtig los. Der Kerl hatte die Idee, illegal errichtete Strandrestaurants abzubrennen und das dann den Nationalisten in die Schuhe zu schieben. Irgendwann im April sollte wieder ein Objekt heiß abgetragen werden, aber ein Gendarm hantierte so blöd mit dem Benzin, daß er selbst fast ums Leben kam. So ist das Ganze dann aufgeflogen. Die Gendarmen sagten, der Befehl kam vom Chef, der sagte wiederum, der Befehl kam direkt von Bonnet. Und das war es dann. Bonnet wurde eingebuchtet. Und ich habe denen dann in meinen Artikeln das Fell gegerbt, wegen ihrer Methoden."

„Ich verstehe, du wirst hier nicht viele Freunde haben. Ich erinnere mich jetzt auch an deine Artikel; ich habe ab und zu einen gelesen. Du hast sie wirklich hart hergenommen."

„Du wirst mir doch beipflichten, daß solche Methoden nicht akzeptiert werden können. Wir leben in einem Rechtsstaat", holte Perot zu einem seiner Lieblingsthemen aus.

Aber Jacqueline bremste ihn ein: „Ich will nicht mit dir streiten, Daniel. Aber ich glaube, es ist besser, wir reisen wieder ab."

Er schob sie sacht von sich. „Aber, das kann doch nicht dein Ernst sein, Jacqueline. Ich lasse mich doch nicht von so einem Idioten einschüchtern. Wir wollen hier einen wundervollen Urlaub verbringen, und das werden wir auch tun. Ich werde aufpassen, daß wir der Gendarmerie nicht in die Quere kommen."

„Du solltest das Schicksal nicht herausfordern", sagte sie ernst. „Und ich habe ganz einfach Angst um dich."

„Jacqueline, das ist nicht das erste Mal, daß ich bedroht werde, und es wird auch nicht das letzte Mal gewesen sein. Der Kerl haßt mich, aber er hat es sich nicht nehmen lassen, mich zu warnen. Das war keine Warnung. Er wollte sehen, wie ich erschrecke. Aber die Freude habe ich ihm nicht gemacht. Mach dir bitte keine Sorgen. Meine Artikel sind sorgfältig recherchiert und allgemein bekannt. Die können sich nicht leisten, mich ausgerechnet hier in die Pfanne zu hauen."

„Ich hoffe, du hast recht", sagte sie ernst.

Verdammt, dachte Perot, jetzt sind wir wieder dort, wo wir waren. Sie hatte sich schon so gut erholt und jetzt kommt dieser Idiot und macht alles kaputt.

„Kannst du dir vorstellen, daß Patrick irgendwie mit den Terroristen Probleme bekommen hat? Kann da irgendein Zusammenhang bestehen?", wechselte sie das Thema.

„Ich kann es mir eigentlich nicht vorstellen. Patrick ist ein völlig unpolitischer Mensch, er hat sich sicher nicht eingemischt. Aber bitte, nicht solche Gedanken. Ich bin nach wie vor überzeugt, daß er gerade bei einer Roten kuschelt."

„Ich wünsche es ihm", sagte Jacqueline langsam. „Aber mir

geht der Satz nicht aus dem Kopf, wie er beim *großen Fressen* gemeint hat, sein Glück sei verbraucht."

„Du kennst ihn doch, wenn ihn die Melancholie packt. Sein Selbstbewußtsein war angekratzt, weil man ihn angeschossen hat. Aber jetzt, wo du von diesem Abend sprichst, fällt mir was anderes ein. Am gleichen Abend hat er uns doch erzählt, nur so in einem Nebensatz, daß er noch einen kleinen Job zu erledigen hätte, und zwar hier auf Korsika. Er hat doch irgendwas gesagt. Erinnerst du dich noch?"

Sie dachte angestrengt nach. „Ja, ich erinnere mich. Er hatte gesagt, er habe was im Kosovo aufgeschnappt. Aber es hat sich so angehört, wie wenn er noch nichts genaues wußte, eher ein Verdacht."

„Genau, das war es!", rief Perot. „Da muß es noch etwas geben."

„Und wie finden wir das heraus?"

„Ich habe keine Ahnung. Aber ich mache jetzt eines: Patrick hat einen Freund bei Le Monde, der ihn wegen seiner Bilder sehr verehrt. Und ich glaube, gerade die Bilder aus dem Kosovo hat Patrick zuerst mit diesem Freund besprochen. Ich werde ihn fragen, ob Patrick irgendwelche Andeutungen gemacht hat." Er suchte nach dem Namen in seinem Notizbuch. Nach einiger Zeit rief er: „Da ist er. Jean-Paul Jolly. Ich kenne ihn sogar. Ich habe ihn im *Niki* gesehen, als Patrick zurückgekommen war. Ich rufe ihn gleich an."

„Es ist schon spät", sagte Jacqueline mit Blick auf die Uhr. „Du wirst ihn nicht mehr erreichen."

„Hast du eine Ahnung von den Zeitungsleuten. Ich kenne welche, die wohnen in der Redaktion."

Und kaum hatte er die Nummer getippt, als sich Jolly auch schon meldete. Perot grinste Jacqueline zu. Er stellte sich Jolly vor und brachte sich in Erinnerung. Dann erzählte er vom Verschwinden Lacour's, bat ihn aber, Stillschweigen zu bewahren, bis die Sache geklärt war. Die Branche war leicht zu beunruhigen.

„Aber warum ich Sie eigentlich anrufe, Monsieur Jolly, ist Folgendes", sagte Perot. „Patrick hat mir erzählt, er wäre seine Kosovo-Bilder mit Ihnen durchgegangen. Stimmt das?"

„Ja", bestätigte Jolly, „es waren grauenhafte Fotos. Die Welt hatte keine Ahnung, was sich wirklich dort abgespielt hat. Ich bekomme einiges zu sehen, aber das war hart an der Grenze."

„Mir gegenüber hat Patrick eine Erwähnung gemacht, er habe im Kosovo etwas aufgeschnappt, was er hier überprüfen wolle. Er hat aber nicht weiter gesagt, worum es sich handelt. Hat er Ihnen gegenüber vielleicht eine Andeutung gemacht?"

„Nein. Ich kann mich nicht erinnern. Irgendwas, was mit Korsika zu tun hat? Kann ich mir nicht vorstellen. Was sollte das sein?"

„Tja, wenn ich das wüßte, wäre ich weiter. Ich phantasiere jetzt einmal: Kann es vielleicht Waffenschiebereien nach Korsika geben oder so was?"

„Nein. Ausgeschlossen. Das funktioniert ganz anders. Wenn Sie wieder in Paris sind, zeige es Ihnen gerne."

„Danke. Das mache ich. Wenn ich meinen nächsten Privatkrieg beginne, wende ich mich vertrauensvoll an Sie", scherzte Perot, und wurde wieder ernst.

„Mhh", machte er enttäuscht. „Sie können sich also auch nichts vorstellen. Machen Sie sich gedanklich ganz frei. Gibt es überhaupt irgendeine Verbindung, die Sie zwischen dem Kosovo und Korsika sehen?"

„*Arc-en-ciel*", sagte Jolly wie aus der Pistole geschossen.

„Ein Regenbogen?", fragte Perot irritiert. „Was meinen Sie damit?"

„Kennen Sie nicht *Arc-en-ciel*? Die bekannte Ferienhotelkette?", antwortete Jolly.

„Ja, die kenne ich schon. Da gibt's ja auch hier welche. Aber was hat das damit zu tun?"

„Na, es würde mich auch wundern, wenn es gerade auf Korsika keine gäbe. Immerhin ist die Zentrale in Ajaccio. Die Firma gehört zu den Unternehmen von Jean-Marie Galat, einem ehemaligen

Industriellen aus Lyon. Er hat sich vor vielen Jahren auf Korsika niedergelassen und mit einem Haufen Geld *Arc-en-ciel* gegründet. Er hat Feriendörfer in allen Teilen der Welt."

„Ich verstehe noch immer nicht", sagte Perot.

„Der Mann ist ein Kinderfreund. Seit dem Ausbruch des Krieges läßt er Waisenkinder aus dem Kosovo auf eigene Kosten nach Korsika ausfliegen. Er hat eines seiner Dörfer bei Sartene komplett gesperrt und bringt dort die Kinder unter."

„So was gibt's? Da kann man dem Mann doch nur gratulieren? Das ist doch toll!"

„Ja, nicht wahr? Man hat ihn ja auch schon geehrt. Er hat überhaupt den Ruf eines Wohltäters."

„Schön für ihn, aber das bringt uns nicht weiter."

„Vielleicht doch", sagte Jolly. „Denn Lacour hatte vor vielen Jahren einmal mit Galat zu tun. Das war noch seiner Zeit in Lyon, ist also schon einige Jahre her."

„Was?" Perot wurde hellhörig. „Und wissen Sie, worum es damals ging?", fragte er gespannt.

„Kindesmißbrauch. Galat wurde trotz eines Fotos von Lacour freigesprochen, weil er angeblich darauf nicht zu erkennen war. Soweit ich weiß, war das Bild scharf wie nur irgendwas. Aber niemand wollte dem großen Arbeitgeber an den Kragen. Lacour hat ihn aufgeschmissen wie ein Paket nasse Hundert-Franc-Scheine. Sie haben ihn mundtot gemacht und Galat als Wohltäter gefeiert."

Perot pfiff leise durch die Zähne. „Da haben wir ja was", sagte er. „Monsieur Jolly, Sie haben mir sehr geholfen. Ich danke Ihnen vielmals."

Sie verabschiedeten sich und Perot versprach, Jolly auf dem Laufenden zu halten.

Perot informierte Jacqueline, die gespannt zugehört hatte.

„Das ist aber eine dünne Spur", sagte sie.

„Aber es ist eine."

„Wenn Patrick in dieser Angelegenheit unterwegs ist, tun wir

ihm aber vielleicht keinen Gefallen, wenn wir ihn zu intensiv suchen. Man könnte durch unsere Nachforschungen erst recht auf ihn
aufmerksam werden."

„Du hast recht. Aber ich bin erleichtert. Jetzt sieht es wieder so
aus, wie ich eigentlich gehofft habe. Er ist hinter was her. Und du
wirst sehen, er taucht wie immer plötzlich wieder auf und bringt
tolle Bilder."

„Das ist aber nur eine Möglichkeit. Vielleicht ist es aber ganz
was anderes."

„Das kann natürlich sein, aber warten wir ab."

Sie beschlossen, ihr Abendessen einzunehmen.

An diesem Abend kam keine rechte Freude auf. Perot machte
sich weit weniger Sorgen als Jacqueline, aber er litt sehr darunter,
daß sie so bedrückt war. Sie saßen in dem sehr nett eingerichteten
Restaurant *Le Caroubier*, das zum Hotel gehörte. Das Lokal lag
direkt am Strand, und man konnte eine wunderschöne Aussicht
genießen. Die Wolken waren verschwunden, und es wurde rasch
dunkel. Die Lichter der Stadt blitzten auf.

Jacqueline stocherte lustlos in einer vorzüglichen Fischsuppe.
Perot, der seine Vorspeise, bestehend aus gegrillten Gambas und
frischen Gemüsen, schon hinter sich gebracht hatte, legte seine
Hand auf die ihre.

„Sei nicht so traurig, mein Mädchen", sagte er zärtlich. „Schau
dir doch diesen wunderschönen Abend an."

„Ach, Daniel", seufzte sie und sah ihn mit *dem* Blick an. „Ich
kann mich nicht richtig erfreuen. Ich habe Angst um dich. Können
wir unseren Urlaub nicht woanders verbringen? In Nizza, da war es
doch so schön."

Perot begriff, daß es keinen Sinn mehr hatte. „Gut, mein Liebling. Machen wir morgen noch die Fahrt mit Monsieur Azan. Da
kann nichts sein, denn da sind wir nicht einmal mit unserem Wagen
unterwegs. Ich möchte gerne wenigstens ein bißchen von der Insel
sehen. Und am nächsten Tag reisen wir ab. Einverstanden?"

„Ja, einverstanden. Es ist wunderschön hier, aber diese Angelegenheit wirft einen Schatten auf uns. Ich werde mich wohler fühlen, wenn ich dich in Sicherheit weiß", sagte Sie traurig. Und ernst fügte sie hinzu: „Und wenn wir wieder in Paris sind, und Patrick taucht auf, dann wasche ich ihm aber das Fell."

Perot lachte. Er hielt wieder ihre Hand und tat, was sie so liebte: er küßte ihre Fingerspitzen.

Sie brachen das Essen ab und zogen sich in das Appartement zurück. Perot ließ eine Flasche Champagner kommen und setzte sich mit Jacqueline auf den Balkon. Es war stockdunkel und kühl geworden; aber mit einer Weste konnte man es ganz gut aushalten. Jacqueline hatte ihren Kopf an seine Schulter gelehnt. Sie betrachteten in Stille die Lichter der Stadt.

Nach einer Weile standen sie auf und gingen zu Bett.

Jacqueline war froh, daß Perot sie nicht berühren wollte, denn sie litt wieder unter starken Schmerzen.

Am nächsten Morgen fühlte sich Jacqueline bedeutend besser. Es kündigte sich ein strahlend schöner Tag an, was ja allgemein die Stimmung hebt.

Perot saß schon beim Frühstück, als sie in den Raum trat. Die Frauen brauchen immer etwas länger, dachte Perot, aber als er sie ansah, wußte er auch, warum.

Jacqueline sah ganz einfach traumhaft aus. Sie trug einen braunen Rock, dessen Saum zwei Fingerbreit über den Knien endete. Über einer weißen Bluse trug sie die zum Rock gehörende Jacke. Sie hatte keine Strümpfe angezogen, und ihre Füße steckten in halbhohen braunen Schuhen. Sie war perfekt geschminkt und frisiert.

Perot bemerkte die bewundernden Blicke der anderen männlichen Gäste, und die zornigen der Ehefrauen. Jacqueline war ganz einfach der Typ Frau, nach dem sich die Männer auf der Straße umdrehten.

Sie kam in ihrem eleganten Schritt an Perot's Tisch und fragte:

„Ist hier noch frei, Monsieur?"

Perot lachte. „Du siehst ganz einfach hinreißend aus. Komm her, mein Schatz, und setzt dich." Er stand auf, um ihr den Sessel zu richten. „Schau dir das schöne Buffet an. Es ist wirklich alles da. Und diese korsische Wurst! Sie haben verwilderte Hausschweine. Die grunzen den ganzen Tag durch den Wald und fressen Kastanien. Koste einmal dieses herrliche Fleisch!"

„Nein, danke!", sagte Jacqueline und ließ sich vom Kellner etwas Kaffee einschenken.

„Du mußt doch etwas essen", sagte Perot. „Hier koste mal." Er hielt ihr auf einer Gabel ein Stück Wurst unter die Nase.

„Aber doch nicht das hier", lachte sie. „Ich kann das nicht essen. Sonst werde ich zu fett!"

Perot zuckte mit den Schultern und schnappte sich selbst das Stück Wurst. „Pech gehabt. Schon ist es weg." Er stand auf, um sich die Käse anzusehen. „Du hast keine Ahnung, welche Köstlichkeiten die hier haben. Der hiesige Schafkäse, ein Brebis, ist ganz einfach ein Genuß. Aber stell' dir vor, ein Gast hat mir zuerst was erzählt: Auf dem Markt von Ajaccio gibt es einen Stand, an dem Käse angeboten wird, der in der Mitte voller Maden ist. Man entfernt die Maden und genießt den Käse. Er sagt, zuerst habe er verweigert, aber dann doch gekostet. Es soll der beste Käse seines Lebens gewesen sein."

Jacqueline setzte ihre Kaffeetasse wieder ab, die sie gerade zum Mund geführt hatte. „Ich glaube, mir wird schlecht", sagte sie. „Bitte erzähle mir in aller Frühe nicht solche Geschichten. Du wirst diesen Käse doch nicht etwa kosten wollen?"

„Vielleicht schaffen wir es heute noch zum Markt. Dann wäre es schon einen Versuch wert", scherzte er.

„Dann siehst du mich aber bitte nicht mehr an", sagte sie und setzte zu einem zweiten Versuch mit der Tasse an.

Perot lachte und ging zum Buffet. Man hatte sich größte Mühe gegeben, die Gäste zufrieden zu stellen und Produkte der Insel anzubieten. Es gab Honig und Marmeladen aller Coleur, diverse

Sorten Fleisch und Wurst, frische, riesige Eier und jede Menge Käse und andere Milchprodukte, aber auch Süßspeisen. Daneben waren Informationsprospekte einer örtlichen Vermarktungsinitiative über die Produkte der Region aufgelegt. Perot steckte einen ein.

Er kam zum Tisch zurück und deutete auf seinen Teller.

„Sieh dir das an", rief er begeistert. „Das hier ist ein ganz leichtes Süßgebäck aus Kastanienmehl, und das andere eine Teigtasche, gefüllt mit Brocciu, so eine Art Topfen. Schau, ganz frisch!"

Jacqueline lehnte dankend ab. „Mir liegen noch deine Maden im Magen. Vor Mittag kannst du mit mir nicht mehr rechnen. Vielleicht habe ich sie bis dahin vergessen."

Perot stürzte sich auf seinen Nachtisch.

Pünktlich um neun Uhr wartete Monsieur Azan vor dem Hotel. Er begrüßte seine Fahrgäste und machte Jacqueline ein besonders schönes Kompliment. Das Taxi war für die örtlichen Verhältnisse ein großer Wagen, ein Japaner, der für den amerikanischen Markt konstruiert worden war und auch über eine Klimaanlage verfügte.

Perot und Jacqueline nahmen im Fond Platz. Azan stellte verschiedene Routen vor und fragte nach den Wünschen.

„Wir haben leider nur heute Zeit, Monsieur Azan", sagte Perot. „Sie sind hier zu Hause. Wir verlassen uns auf Sie. Zeigen Sie uns ein bißchen was."

Azan lenkte den Wagen auf die Straße. „Korsika hat zwar nur eine Luftlinie von zirka einhundersiebzig Kilometer Länge, ist aber sehr gebirgig. Und obwohl die Hauptstraßen gut ausgebaut sind, kommt man nur langsam weiter. Ich schlage die südliche Route vor. Von hier über Propriano nach Bonifacio, dann Porto Vecchio, wo wir vielleicht eine Mittagsrast einlegen, und dann an der Ostküste hinauf und über die Berge zur Verbindung Bastia-Ajaccio. Das ist eine ganz schöne Runde, und wir müssen die meiste Zeit fahren. Aber es gibt viel zu sehen. Sind Sie einverstanden?"

„Einverstanden!", riefen beide. Perot legte den Arm um

Jacqueline, die sich an ihn schmiegte. Azan fuhr langsam dahin, denn die Straße war sehr kurvenreich und die Fahrgäste wurden in die Kurven in die Polster gedrückt.

Während Azan Daten über die Insel lieferte, blickten seine Fahrgäste auf die wunderschöne Landschaft, die an ihnen vorüberzog. Die Straße folgte den Berghängen und es ging bergauf und bergab. Hinter jeder Kurve erwartete sie ein Ausblick auf traumhafte Buchten mit hellem Sand und stahlblauem Meer.

Jacqueline fand zu ihrer Begeisterung zurück. „Jetzt kann ich Patrick verstehen", schwärmte sie. „Ich habe noch nie in meinem Leben so ein schönes Land gesehen."

Perot nickte zustimmend. Er war weit gereist und hatte schon viel gesehen, aber das hier war besonders schön.

Während sie ruhig dahinfuhren, trieben die Korsen ihre Autos wie die Wilden über die unübersichtlichen Straßen. Mehr als einmal schlossen Perot und Jacqueline die Augen vor einer gefährlich aussehenden Situation, da sie noch dazu auf der Talseite der Straße fuhren. Doch Azan lenkte den großen Wagen mit stoischer Ruhe und mit schlafwandlerischer Sicherheit.

Schließlich erreichten sie Propriano, einen relativ jungen Ort und Zentrum des Fremdenverkehrs am Golf von Valinco, in traumhaft schöner Lage. Sie gingen auf der Promenade etwas spazieren, während Azan eine Pause bei einem kleinen Kaffee machte. Dann ging die Fahrt weiter.

Sie kamen nach Sartene. Dieser als „korsischste Stadt Korsikas" bezeichnete Ort stand bis zum Beginn des Jahrhunderts in dem Ruf, ein Banditennest zu sein. Heute ist der Ort vor allem wegen seiner Karfreitagsprozession berühmt. Man kann in der Kirche Sainte-Marie das Kreuz und die Ketten anschauen, die der Catenacciu, ein Büßer, am Karfreitag durch die Stadt schleppt. Der Mann trägt eine Kapuze und ist nur dem Pfarrer bekannt; die Anmeldungen reichen bis weit in die Zukunft. Die alljährlich stattfindende Prozession ist ein riesiges Spektakel und zieht Massen von Touristen an.

Doch Perot erinnerte sich aus einem anderen Grund an Sartene. Er wandte sich an Azan.

„Sagen Sie, Monsieur Azan, es gibt hier doch auch ein *Arc-en-ciel*?"

„Sie meinen das Feriendorf? Ja, das gibt es hier. Es ist eine große Anlage. Soll ich Sie hinfahren?"

„Nein, nein, es hat mich nur interessiert. Kennen Sie diesen Galat, den Inhaber der Kette?"

„Wer kennt den nicht? Er ist hier ein sehr prominenter Mann und sehr beliebt. Er hat einiges investiert und schafft Arbeitsplätze, die hier ohnehin rar sind."

„Und was ist er für ein Mensch? Haben sie ihn überhaupt schon einmal gesehen?"

„Aber natürlich, Monsieur Galat ist oft und gern unter den Leuten. Er ist sogar schon mit mir gefahren. Er ist sehr sympathisch und freundlich. Sie werden kaum jemand finden, der etwas gegen ihn hat. Warum fragen Sie?"

„Nur so", antwortete Perot. Azan's Begeisterung für Galat kam ihm etwas übertrieben vor.

Sie spazierten noch etwas durch die Stadt und fuhren dann weiter.

Einmal ließ Jacqueline anhalten, um einen blühenden Hang zu betrachten.

„Siehst du das, Daniel, das sind alles Gewürze. Riech' einmal, wie es hier duftet."

„Nicht umsonst hat Napoléon Bonaparte einmal behauptet, er würde die Insel mit geschlossenen Augen wiederfinden, nur nach dem Duft", sagte Azan.

Weiter hinten sahen sie die Macchia, den Buschwald, der fast die ganze Insel bis in eine Höhe von sechshundert Metern überzog. Hier wuchs die Myrte, die Zistrose, Mimosen und die Erdbeerbäume, die im Herbst rote Früchte trugen, und bildeten einen undurchdringlichen Wall. Die üppig wuchernden Pflanzen schienen um die Wette zu duften. Es war, als läge die ganze Insel unter einer

Wolke edler Aromen.

„Sehen Sie dieses Gewächs dort", erklärte Azan. „Das ist eine Baumheide. Sie ist voll von Blüten, trägt aber niemals Früchte. Deshalb gibt es hier ein Sprichwort: *Bacciardu cume a scopa*, was soviel heißt wie: *Verlogen wie eine Baumheide.*"

Perot sog die Lungen voll. Jetzt war ein Hauch Eukalyptus war zu schmecken. Diese Bäume waren angepflanzt worden, um die Sümpfe der Küstengebiete trockenzulegen.

„Die Luft ist irgendwie ... irgendwie dick", sagte Jacqueline. „Man kann darin schwimmen. Es ist ganz einfach herrlich."

Sie hockten sich an den Straßenrand und bewunderten eine Zeit lang die Blüten. Dann setzten sie die Fahrt fort.

Nächster Halt war Bonifacio, eine kleine Felsenstadt, nicht weit von der Südspitze Korsikas entfernt. Von hier gibt es eine Fährverbindung zum nahen Sardinien. Die Stadt verfügt über eine gewaltige Festung und ist abenteuerlich in den Felsen angelegt. Perot und Jacqueline waren beeindruckt. Sie machten eine Bootsfahrt, um die Stadt vom Meer aus sehen zu können. Die Häuser standen zum Teil auf Überhängen und es sah aus, als könnten sie jeden Moment abstürzen. Ein atemberaubender Anblick.

Perot sah Jacqueline an, daß sie sich in diese Insel verliebt hatte und er nahm sich vor, so bald wie möglich mit ihr wieder hierher zurückzukehren.

Sie fuhren weiter und kamen dann nach Porto-Vecchio, einem großen Fremdenverkehrsort, sehr schön gelegen. Der Ort war eine Drehscheibe für das ganze Umland, und nach der Einsamkeit der bisherigen Strecke wirkte Porto-Vecchio regelrecht überfüllt. Der Golf von Porto-Vecchio gilt als einer der schönsten des ganzen Mittelmeerraumes. Wie ein Fjord schneidet er in die Küste und bildet so einen schönen, natürlichen Hafen.

Azan hatte ein kleines Restaurant mit Ausblick auf die Stadt und den Golf ausgewählt. Beim Betreten wurde er vom Geschäftsführer freundlich begrüßt; Azan war also nicht zum ersten Mal hier.

Der Geschäftsführer wies ihnen einen Tisch an der Brüstung zu, und sie nahmen Platz.

Jacqueline war vom Ausblick verzaubert. „Sie kennen wirklich die schönsten Plätze, Monsieur Azan", lobte sie.

„Nun ja, Madame, ich komme viel herum", sagte Azan bescheiden.

Perot sagte: „Sie sind selbstverständlich eingeladen. Können Sie mir etwas aus der Regionalküche empfehlen? Bitte nehmen Sie keine Rücksicht auf die Speisenfolge; ich möchte gerne einiges probieren."

Azan studierte die Karte. „Die machen hier ein besonders feines Omelett, das sie mit Brocciu und Minze füllen. Es schmeckt wunderbar leicht und ist eine köstliche Vorspeise. Aber auch die Amselpastete ist gut. Nicht zu vergessen die herrliche Wildschweinterrine."

„Nehme ich alles", sagte Perot schnell.

„Und dann ..." las Azan weiter, „gibt es mehrere Möglichkeiten. Der Fisch ist sehr gut, aber den bekommen Sie auch woanders. Ein etwas schweres, aber traditionelles und sehr gutes Gericht ist dieser Bohnentopf, und sie können sich auch Figatelli dazu bestellen."

„Figatelli?", fragte Jacqueline.

„Eine Leberwurst, wirklich köstlich. Die Würste sind sehr dünn in der Form, aber fett in der Fülle, doch hier werden sie stark ausgebraten. Wunderbar."

„Ich glaube nicht, daß das für mich was ist", meinte sie.

„Aber für mich!", rief Perot. „Und, was noch?"

„Es gibt auch sehr gute, dicke Suppen. Oder hier eine besondere Spezialität: Fleisch vom Zicklein."

„Zicklein? Sie meinen, das Junge einer Ziege?"

„Ja, Madame. Das wäre was für sie. Es ist sehr mager und von kräftigem Geschmack."

„Ich weiß nicht ...", sagte Jacqueline.

„Auch was für mich", sagte Perot. „Das nehmen wir dazu."

„Ja, dann kann ich ihnen nur die Canneloni empfehlen, Madame", sagte Azan.

„Die bekomme ich in Italien. Das ist doch kein regionales Gericht?"

„Das hier schon. Canneloni heißt es hier nur, weil die dicken Röhrennudeln so aussehen, und weil es die Touristen verstehen. Die Nudeln werden mit Brocciu gefüllt und in einer Tomatensauce serviert, die mit den Kräutern dieser Region gewürzt ist. Ich glaube, ich kann Ihnen versprechen, daß Sie begeistert sein werden."

„Ja, das hört sich gut an. Das nehme ich."

„Haben Sie schon korsischen Wein probiert?", fragte Azan.

„Ja, wir hatten gestern einen ..., wie hieß er doch noch ...", begann Perot.

„Einen Compte Peraldi", sagte Jacqueline. „Und der war sehr gut."

„Ah, ja", machte Azan. „Bei dieser Speisenauswahl tun wir uns jetzt etwas schwer, aber ich glaube, Sie können einen Chateau Martini versuchen."

Der Ober kam und nahm die Bestellung auf. Azan bestellte nur Salat und gegrillten Fisch, und etwas Weißwein.

Auf einem Beistelltisch wurden die Gerichte gleichzeitig serviert. Perot geriet in Verzückung. Er bedauerte, daß er von überall nur kosten konnte, verzehrte aber in Summe eine große Menge. Jacqueline widmete sich ihren Canneloni und war sehr zufrieden. Nach dem Käse mußten sie passen. Azan bestellte für sich noch eine Portion Eis.

Dann saßen sie entspannt beim Kaffee und einem Glas Eau de Vie Corse und schauten auf das Meer.

„Ich habe mich gestern noch bei meinen Freunden wegen Monsieur Lacour umgehört", sagte Azan plötzlich. „Aber ich konnte nichts in Erfahrung bringen. Haben Sie vielleicht Neuigkeiten?"

„Leider nein", seufzte Jacqueline. „Aber ich hoffe, daß er bald wieder auftaucht."

„Ich würde doch zu gerne seiner Wohnung einen Besuch abstatten", sagte Perot.

„Warum denn das?", fragte Jacqueline.

„Ich weiß es nicht. Ich möchte nur einmal schauen. Außerdem möchte ich ihm gerne eine Nachricht in die Wohnung legen. Sollte wirklich jemand seine Post durchsuchen ..."

„Das ist eine gute Idee", sagte Jacqueline, „aber wie kommen wir hinein?"

„Es gibt immer einen Weg", meinte Perot hintersinnig.

Azan setzt sich auf. „Nun, vielleicht kann ich Ihnen behilflich sein."

„Haben Sie einen Schlüssel?", fragte Perot erstaunt.

„Ich habe viele Schlüssel", lächelte er.

Perot verstand. Er hätte Azan gerne gefragt, wieso ein Taxilenker über derartige Fähigkeiten verfügte, aber er ließ es lieber bleiben.

Jacqueline sagte: „Das heißt, ihr wollt in aller Ruhe einbrechen?"

Azan antwortete: „Was heißt schon einbrechen, Madame. Es ist doch ein Freund. Wir wollen ja nichts stehlen."

„Wie lange brauchen wir jetzt noch zurück?", fragte Perot.

Azan sah auf die Uhr. Wenn wir gleich aufbrechen, sind wir bei Einbruch der Dunkelheit zurück. Wir können nicht schnell fahren, aber so können Sie die Fahrt noch etwas genießen."

Perot stand auf. „Ja, das ist gut. Fahren wir." Er ging in den Vorraum und beglich die Rechnung. Dann machten sie sich auf die Rückfahrt über die wildromantischen Berge Korsikas.

Es war schon dunkel, als sie wieder nach Ajaccio zurückkamen. Sie erreichten die Stadt günstigerweise von der Seite, die dem Quartier Pietralba am Nächsten liegt. Als sie bei dem Haus vorfuhren, waren alle Parkplätze besetzt, und Azan mußte den Wagen um die Ecke abstellen. Er nahm ein Pennal aus dem Kofferraum und folgte Perot und Jacqueline zur Haustüre.

Perot rüttelte an der Tür. „Mist, natürlich verschlossen."

„Lassen Sie mich mal", sagte Azan und stellte sich vor die Tür. Er entnahm dem Pennal ein langes Metallblatt und schob es in der Höhe des Türschlosses in den Spalt zwischen Tür und Rahmen. Die Tür sprang mit einem leisen Klick auf.

„Hier kommt jedes Kind herein", stellte Azan fest.

Sie gingen zum Aufzug und fuhren in den siebten Stock. Dort war es völlig finster. Perot fand den Schalter für das Minutenlicht und drückte ihn, aber es geschah nichts. Azan öffnete sein Pennal und entnahm eine kleine Stabtaschenlampe.

„Alles dabei", sagte er leise. „Kein Problem."

Er stellte sich vor die Eingangstür. Hinter der Tür des Nachbarn war das Lärmen eines Kindes zu hören.

„Die Rothaarige von gestern", flüsterte Jacqueline.

Azan hantierte vorsichtig an dem Schloß herum, und plötzlich sprang die Tür auf. Sie betraten rasch einen kleinen Vorraum. Azan schloß hinter ihnen die Tür.

„Wenn ich zurück nach Paris komme, lasse ich sofort alle Schlösser austauschen", meinte Jacqueline.

„Nicht nur die Schlösser", mahnte Azan, „am besten gleich die Tür und auch den Rahmen."

„Können wir das Licht anmachen?", fragte Perot.

Azan ging in das Wohnzimmer zur Fensterfront. „Das Haus hat zwar kein Gegenüber, aber ich ziehe trotzdem die Vorhänge zu. Und machen Sie nur kleines Licht."

Perot fand eine Stehlampe und machte sie an. Sie blickten sich um. Die Einrichtung war gewöhnlich und auf keinen Fall Lacour's Stil; die Wohnung war offensichtlich möbliert gemietet worden. Das Wohnzimmer war ziemlich groß. Eine Tür ging in eine kleine Küche, und eine in ein spartanisch eingerichtetes Schlafzimmer. Von dort gab es noch eine Tür in ein kleines Bad mit Toilette.

Perot öffnete den Kühlschrank. Er war in Betrieb, aber leer. Auch sonst waren keinerlei Vorräte zu sehen. Jacqueline fand im Bad einige Toilettartikel und andere Dinge des täglichen Bedarfs, aber die Wohnung war eindeutig verlassen.

„Es wirkt wie ein Saisonwohnsitz", sagte Azan. „Man hat ein paar Dinge hier liegen, die man immer braucht, aber auch nicht mehr."

Jacqueline öffnete einen Schrank. Ein paar Hosen fanden sich darin und eine kleine Reisetasche mit etwas Unterwäsche. In einem Fach lagen ein paar einfache T-Shirts und ein Pullover, daneben einige Kappen. Die Wäsche duftete nach Lacour's Parfum.

Perot hatte sich nochmals die Küche vorgenommen. Es war etwas Geschirr da und ein paar Töpfe und Pfannen. Alles sah zusammengeräumt aus. Er fuhr mit der Handfläche über die Arbeitsplatte: Staub.

Er ging zurück in das Wohnzimmer. „Hier war längere Zeit niemand."

„Ja, es ist staubig", sagte Jacqueline. „Er muß schon einige Zeit weg sein."

„Wonach suchen Sie eigentlich?", fragte Azan.

„Das wissen wir nicht. Aber es sieht so aus, als wäre alles in Ordnung. Ich lasse noch schnell eine Notiz hier. Er setzte sich zu einem Schreibtisch und stieß mit den Knien gegen eine Schublade. Er öffnete die Lade und legte den Inhalt auf die Tischplatte. Ein paar Prospekte eines Weinhändlers, ein leerer Notizblock und ein kleines Schulheft. Er öffnete das Heft und begann zu lesen.

„Sie dir das an", sagte er zu Jacqueline. „Unser Patrick ist ein Dichter!" Er hielt ihr das Heft mit Lacours fahriger Schrift unter die Nase.

„Er hat Gedichte geschrieben!" Sie nahm das Heft und setzte sich in einen Korbsessel.

Nach einiger Zeit sagte sie: „Hör doch mal: *, Und verstehe ich das Gleichnis / Der Tod ist das Tor / Die Schwelle des Lebens / Dann erkenne ich den Traum.'* Das ist gut!" Sie verschränkte die Beine und las weiter.

„Sieh mal, da ist noch was." Perot bückte sich zu einer Schachtel, die am Boden unter dem Tisch stand. Er zog sie hervor und hob den Deckel ab. Jacqueline stand auf und kam zu ihm.

Azan blickte ihm über die Schulter. Perot hob aus der Schachtel zwei Fotoapparate und drei Objektive, alles in ledernen Taschen.

„Er ist weg und hat seine Apparate dagelassen? Das ist doch nicht möglich", sagte er.

„Muß nicht sein", sagte Jacqueline. „Patrick sammelt und verteilt Nikons wie ein Eichkätzchen die Nüsse. Ich habe eigentlich überall, wo er einmal hingetreten war, eine Kamera gefunden. Und kaum hat er ein altes Modell gesehen, muß er es sofort kaufen. Du weißt doch, daß er an einer alten Nikon nicht vorbeigehen kann."

„Ja, du hast recht. Er hat seine Geräte überall verteilt. Bei mir liegen doch auch ein paar. Nur seine Lieblinge hat er immer dabei."

Jacqueline hatte einen Apparat aus dem Etui genommen und auf den Tisch gelegt. Es war eine alte FE in schwarz.

Dann nahm sie den zweiten aus dem anderen Etui und sagte: „Das ist eine FM2. Daniel, ich glaube, das ist die gleiche Kamera, die er uns beim *großen Fressen* gezeigt hat. Hat er nicht gesagt, diese Kamera wäre seine neue Geliebte? Und die liegt dann da?"

„Ich kann es nicht sagen", meinte Perot. „Für mich sehen die alle gleich aus. Bist du sicher, daß das die gleiche ist?"

„Nein, natürlich nicht. Ich kann es auch nicht sagen."

Sie drehte beide Kameras um. Auf der FM2 steckte ein Filmlabel.

„Siehst du, es ist noch ein Film drinnen", sagte Jacqueline. „Der Karton von der Filmpackung ist noch drauf. Aber Moment mal." Sie drehte die Kamera um und betrachtete das Zählwerk. Es stand auf Null.

„Da stimmt was nicht. Ich werde versuchen, den Film zurückzuspulen." Sie entsicherte den Mechanismus und wollte mit der Kurbel den Film zurück in die Patrone drehen, aber sie spürte keinen Widerstand.

„Die Kamera ist leer", sagte sie mit kreidebleichem Gesicht und öffnete das Gehäuse. Die Kamera war tatsächlich leer.

„Um Gottes Willen, wie siehst du plötzlich aus", rief Perot

erschreckt. „Die Kamera ist leer, na und?"

„Ja, aber der Label steckt doch noch drauf. Patrick würde niemals den Film entnehmen ohne den Label zu entfernen!", rief Jacqueline aufgeregt.

„Bist du sicher?", fragte Perot.

„Ich bin mir hundertprozentig sicher. Den Film hat jemand anderer aus der Kamera genommen. Und Patrick würde niemals freiwillig jemand seine Kamera berühren lassen. Da ist was passiert, Daniel. Jetzt bin ich sicher."

Sie ging mit der Kamera zu dem Sessel und setzte sich. Sie ließ die Schultern hängen.

Perot trat vor sie hin und hob ihr Kinn, so daß sie ihm direkt in die Augen sah. „Jacqueline, mein Schatz, bist du dir wirklich sicher?", fragte er nochmals. „Kann das nicht auch irgendwie anders passiert sein?"

„Nein. Ich bin mir sicher", sagte sie mit starrem Blick.

Perot blickte durch den Raum. „Ich rufe die Gendarmerie. Gibt es denn hier kein Telefon?"

„Nein, ich habe noch keines gesehen."

Perot drehte sich zu Azan, der am Kasten lehnte. „Vielleicht ist das mit dem Telefon sowieso keine gute Idee. Wenn die meinen Namen hören, geht wahrscheinlich nichts mehr. Es ist besser, wir fahren hin und ich regle das selbst. Monsieur Azan, bringen Sie uns bitte sofort zur Gendarmerie. Jetzt ist die Zeit für Spielereien vorbei. Wir haben den begründeten Verdacht, daß etwas passiert ist."

„Natürlich, gerne. Kommen Sie." Er ging zur Tür.

„Ich bleibe hier", flüsterte Jacqueline mit trauriger Stimme. „Ich möchte das nicht sehen, wie sie dich dort mit Dreck bewerfen. Ich bleibe hier sitzen und lese die Gedichte, ja?"

Perot ging zu ihr und hockte sich vor sie hin.

Er faßte ihre Hand. „Du willst wirklich hierbleiben? Ich möchte dich aber nicht gerne allein lassen. Wir bringen dich zuerst ins Hotel zurück"

„Es ist schon in Ordnung. Geht nur. Ich möchte gerne hier in seiner Wohnung bleiben. Holt mich nur dann auch wieder ab."

Er küßte sie zärtlich auf die Stirn. „Nicht traurig sein, mein Mädchen. Das alles muß noch immer nichts bedeuten. Ich komme so schnell wie möglich zurück."

Dann verließen sie die Wohnung. Jacqueline hockte sich auf den Sessel und setzte ihre Lektüre fort.

Azan hatte Perot gleich zur Präfektur am Cours Napoléon gebracht, in der sich auch eine Zentrale der Gendarmerie Nationale befand. Sie hatten kaum die Räumlichkeiten betreten, als sie schon von einem Uniformierten angesprochen wurden.

„Was wünschen Sie?"

„Ich möchte eine Vermißtenanzeige machen", sagte Perot.

„Gehen Sie dort hinein", sagte der Beamte. „Dort drinnen sitzt der Chef vom Nachtdienst. Der erledigt das."

„Danke." Perot ging in die angegebene Richtung. Azan folgte ihm.

Perot stoppte und drehte sich zu ihm um. „Monsieur Azan, Sie haben mir sehr geholfen und ich bin Ihnen sehr dankbar. Es ist besser, wenn Sie im Auto auf mich warten. Ich glaube, es werden unschöne Worte fallen, und ich denke, es ist besser für Sie, wenn Sie nicht Zeuge des Gesprächs werden. Es ist nicht gut, hier mit mir gesehen zu werden. Ich werde die Insel verlassen, aber Sie müssen hier leben."

Azan nickte. „Sie haben recht. Ich warte draußen auf Sie." Er machte kehrt und ging hinaus.

Perot klopfte an die Tür und trat unaufgefordert ein.

An einem Schreibtisch saß ein Uniformierter, offenbar der Chef vom Dienst. Und neben ihm stand Alain Rouard, der Mann vom Sonderbüro. Perot schluckte.

„Na, wen haben wir denn da", sagte Rouard. „Ich habe schon gehört, daß Sie noch immer da sind. Aber das Sie hier her kommen, ist ein starkes Stück."

Rouard sah den Beamten an. „Claude, darf ich dir Monsieur

Perot vorstellen."

„Ach, Sie sind das", sagte Claude und verzog das Gesicht.

„Ich möchte eine Vermißtenanzeige machen", sagte Perot.

„Ach nein. Hat Ihr Flittchen plötzlich genug von Ihnen und ist entfleucht?", lachte Rouard.

Perot bekam einen roten Kopf. „Jetzt hören Sie einmal zu, Sie ...!"

„Nein, Sie hören jetzt zu. Ein Wort, und ich lasse Sie verhaften. Ich habe hier einen Beamten, der bezeugen kann, daß Sie mich tätlich angegriffen haben."

In diesem Moment öffnete sich die Tür und ein Mann in Zivil schaute herein.

„Was ist denn hier für ein Wirbel?", fragte er.

„Wir haben nur gelacht, Chef. Es ist nichts", antwortete Rouard.

Der Mann musterte Perot. „Worum geht es?", fragte er.

„Ich möchte eine Vermißtenanzeige machen", wiederholte Perot.

„Kommen Sie mit", sagte der Mann. „Wir erledigen das in meinem Büro." Er öffnete die Tür und ließ Perot vorangehen. Rouard und sein Kollege blieben verärgert zurück.

Der Mann führte Perot in sein Büro. Er nahm hinter einem großen Schreibtisch Platz und wies Perot einen Sessel zu.

„Nehmen Sie bitte Platz, Monsieur Perot."

„Sie kennen mich?", fragte der erstaunt.

„Aber natürlich. Wer kennt Sie hier nicht. Ich glaube, ich habe Sie gerade aus einer unbequemen Lage befreit. Mein Name ist Massol, Jean Massol, und ich bin hier der Chef. Also, was kann ich für Sie tun?"

„Vielen Dank für die Rettung", sagte Perot erleichtert. Er erzählte die Geschichte und berichtete auch von dem Einbruch in die Wohnung, ohne jedoch die Beteiligung von Azan zu erwähnen. Er erklärte Massol die Sache mit dem Label und warum sie nun fest daran glaubten, daß Lacour in Schwierigkeiten sei.

„Und das alles schließen Sie aus dem Umstand, daß dieses Stück Karton auf der Kamera steckt?", fragte Massol.

„Wir sind uns absolut sicher, Monsieur."

„Gut. Gehen wir zu einem Beamten und nehmen die Anzeige formell auf. Ich werde veranlassen, daß sich die Spurensicherung der Wohnung annimmt. Aber nicht vor morgen früh, denn es liegt keine Gefahr im Verzug vor und die Truppe ist gerade unterwegs. Hoffentlich haben Sie keine Spuren zerstört."

Perot wollte Azan schützen. „Ist das wirklich notwendig, das mit der Spurensicherung? Wir haben alles durchsucht und wahrscheinlich Spuren, sofern sie vorhanden waren, unbrauchbar gemacht."

„Die Art der Untersuchung müssen Sie schon mir überlassen", sagte Massol steif.

Ist auch schon egal, dann werde ich die Verantwortung für den Einbruch eben auf meine Kappe nehmen, dachte Perot.

„Was werden Sie jetzt tun? Wo ist überhaupt Ihre Freundin?"

„Sie ist noch in der Wohnung. Ich werde sie dann abholen und wir fahren zurück in unser Hotel nach Porticcio. Ich glaube, wir reisen morgen ab."

„Ja, das ist eine gute Idee. Ich mache kein Hehl daraus, Monsieur Perot, das Sie in unseren Kreisen nicht gerade beliebt sind. Ich bedaure sehr, daß Sie in Ihren Artikeln von ein paar Außenseitern auf die ganze Truppe geschlossen haben. Der Dienst hier ist hart, die Männer haben es bestimmt nicht leicht. Aber die überwiegende Mehrheit von ihnen ist hundertprozentig in Ordnung. Wir haben es hier nach der Geschichte nicht lustig, und ihre Berichte haben unserem Image zusätzlich geschadet."

Perot schluckte das, was er sagen wollte, hinunter.

Sie gingen hinaus, um die Anzeige aufzunehmen.

Mittlerweile saß Jacqueline in der Wohnung und studierte die Gedichte. Sie waren sehr schwermütig und ermöglichten tiefe Einblicke in die sensible Seele von Lacour. Sie legte das Heft weg, als sie sich nicht mehr konzentrieren konnte. Sie mußte immer an den Freund denken.

Es waren nur noch wenige Wochen bis zum *großen Fressen*, als Jacqueline eines Abends von ihrem Arbeitsplatz zur Metrostation hastete. Der Herbst hatte mit aller Macht Einzug in Paris gehalten, und es war kühl und windig geworden. Die von den lauen Tagen des Spätsommers verwöhnten Pariser eilten ihres Weges, und wer nicht mußte, ging erst gar nicht auf die Straße.

Jacqueline war gerade am Café *Niki* vorbeigelaufen, als sie plötzlich Rufe hörte. Sie blieb stehen und drehte sich um. In der geöffneten Tür des Lokals stand Lacour, mit einem Glas Champagner in der Hand. Mit der anderen Hand winkte er ihr, zu ihm zu kommen. Sie überquerte die Straße und lief zu ihm hin; er hielt ihr die Tür auf. Sie betrat schnell das Lokal.

Lacour schloß die Tür. „Jacqueline, mein Engelchen!", rief er freudenstrahlend und breitete seine Arme aus.

„Hallo, Patrick!", antwortete sie. „Ich freue mich, dich wiederzusehen."

Er umarmte sie und küßte sie auf die Stirn.

„Komm, und leg' das Zeug ab. Ich muß mit dir reden. Hast du ein bißchen Zeit für mich?"

„Für dich immer", sagte sie und schlüpfte aus dem dicken Parka.

Lacour musterte sie ungeniert. Sie trug dunkle Hosen und einen weiten, bunten Pullover aus Mohair. Ihre Füße steckten in bequemen Schuhen mit leichter Fütterung. Sie schüttelte ihr Haar nach vorne und zog ein Stirnband vom Kopf. Dann warf sie die Haare in einer feurigen Bewegung wieder zurück. In den Augen von Lacour war ein kurzes Aufblitzen zu sehen.

Das Lokal war voll besetzt, und es war ziemlich laut. Die Stammgäste hoben grüßend die Hände, als Lacour und Jacqueline zu seinem Tisch gingen. Sie hatten sich kaum gesetzt, als der Kellner unaufgefordert einen Pastis für Jacqueline servierte.

„Aber nicht doch", rief Lacour. „Sie trinkt mit mir Champagner. Bring uns noch eine Flasche."

Der Kellner machte auf dem Absatz kehrt.

„Habe ich dir schon gesagt, wie hübsch du heute bist?", grinste Lacour.

„Nein, aber du sagst es ja jetzt. Danke vielmals", gurrte sie zurück.

Er setzte sich auf. „Was für ein Wetter. Der Wind macht mich ganz krank." Er schüttelte sich.

Sie sah ihn besorgt an. „Geht es dir nicht gut?"

Er lächelte. „Aber nein, mein Schatz. Alles in Ordnung. Danke der Nachfrage." Er sah deprimiert in sein Glas. Jacqueline konnte nicht ahnen, daß er gerade von seinem Arzt gekommen war, der ihm eröffnet hatte, daß am Nachlassen seiner Manneskraft nicht mehr zu rütteln war. Und er brauchte unbedingt jemand, mit dem er reden konnte. Doch jetzt, wo Jacqueline vor ihm saß, wußte er nicht, warum er sich ausgerechnet eine Frau ausgesucht hatte.

„Aber dich bedrückt doch was", sagte Jacqueline forschend. „Ich kenne dich doch."

Er lachte. „Dir kann man nichts vormachen. Mich bedrückt wirklich etwas." Er nahm ihren ernsten Blick auf und gleichzeitig verließ ihn der Mut. Er überlegte kurz, und dann sagte er: „Es ist doch nicht mehr weit bis zum *großen Fressen*. Ich habe keine Ahnung, was ich Daniel dieses Jahr zu Weihnachten schenken soll." Er senkte den Blick und ärgerte sich, daß er nicht mit der Wahrheit herausgekommen war.

Jacqueline atmete auf. Sie hatte eine schlimme Nachricht erwartet. Aber in ihrem Hinterkopf läutete eine Glocke.

Sie nahm seine Hand in die ihre. „Das ist alles? Das ist wirklich alles?" Sie sah ihn direkt an.

Lacour senkte den Blick. Er räusperte sich. „Nein, natürlich nicht. Ich wollte dich auch ganz einfach wieder sehen!"

Sie setzte sich auf und ließ seine Hand los. „Du bist mir schon einer", lachte sie. „Im ersten Moment hatte ich direkt Angst bekommen."

Lacour lachte zurück, aber seine Augen lachten nicht mit.

Der Kellner erschien mit der Flasche Champagner und öffnete sie. „Voilá", sagte er und füllte schwungvoll die Gläser.

Lacour und Jacqueline stießen sie zusammen und tranken den ersten Schluck.

„Ist dir schon aufgefallen, daß die Gläser nie klingen, wenn sie mit Champagner gefüllt sind?", fragte Lacour, der er sein Glas sinnend betrachtete.

Jacqueline studierte interessiert ihr perlendes Getränk. „Nein, aber jetzt, wo du das sagst ..."

„Es liegt an der Kohlensäure. Aber lassen wir das. Also. Was schlägst du als Geschenk vor?", fragte Lacour, der seine Fassung wiedergefunden hatte. Es war eine spontane Laune gewesen, Jacqueline zu sich in das Lokal zu rufen; solche Dinge konnte man doch nur mit einem Mann besprechen. Er würde mit Perot darüber reden. Aber er freute sich trotzdem, die junge Frau zu sehen.

„Das ist gar nicht so einfach", erwiderte Jacqueline. „Er hat ja wirklich alles. Aber du kennst ihn doch seit vielen Jahren, für dich sollte das doch kein Problem sein. Ihr seid doch wie Brüder!"

„Da hast du nicht unrecht", sagte Lacour. „Aber ich bin prinzipiell ein schlechter Geschenkekäufer. Ich habe keine Phantasie. Das macht dieser Scheißberuf", setzte er mit dunkler Stimme hinzu. „Wenn du das gesehen hast, was ich schon gesehen habe, wünscht du dir keine Phantasie mehr. Es ist besser, sich nichts mehr vorzustellen."

„Manchmal frage ich mich wirklich", sagte Jacqueline, „ob das tatsächlich ein guter Job ist, den Ihr da habt, du mit deinen Fotos und Daniel mit den Artikeln. Es ist sicher kein alltäglicher und abenteuerlicher Job, aber wenn ich Euch manchmal bei Euren Gesprächen zuhöre, wird mir ganz anders. Ihr habt keine Illusionen mehr und Ihr seid auf irgend eine Art hart geworden – und habt trotzdem beide ein butterweiches Herz. Ich würde mit der Zeit verrückt werden."

„Ich glaube, wir sind es schon, mein Täubchen", antwortete Lacour. Er richtete sich auf und langte nach der Flasche. „Aber dazu sind wir nicht hier. Hilf mir bitte weiter. Was soll ich für Daniel besorgen?" Er schenkte sich ein und trank das Glas wieder in einem Zug leer.

„Bitte verstehe, wenn ich dir nicht helfen kann, Patrick. Dein Geschenk muß von dir kommen. Zerbrich' dir deinen Kopf!", lachte sie.

„Du bist gemein, meine Teuerste", jammerte Lacour. „Was bekommt er denn von dir?"

„Du willst mir doch wohl nicht meine Idee stehlen, oder etwa doch?", fragte sie lächelnd. „Oh, nein, ich verrate nichts!" Für dieses Jahr plante sie eine besondere Überraschung. Perot liebte den Duft von Patchouly, denn er verband mit dem Duft eine Kindheitserinnerung. In dem Dorf seiner Großmutter lebte ein alter Mann, der den Bewohnern hin und wieder die Karten legte. Die Großmutter nahm den kleinen Daniel regelmäßig zu den Sitzungen mit. Dort bewunderte er die schwarzen Kerzen, die immer auf dem Tisch standen. Waren sie angezündet, gaben sie den Duft von Patchouly ab. Der Kleine konnte das Aroma nicht wieder vergessen. Und er merkte sich den Namen der Herstellerfirma, der in wunderschönen, bunten Lettern auf der Verpackung zu lesen stand: Bougiecan. Viele Jahre mußten vergehen, bis Perot bei seinem ersten Besuch in der Wohnung von Jacqueline wieder auf den Duft stieß, diesmal verbreitet von Räucherstäbchen. Doch das war nicht ganz das Gleiche. Den Hersteller der Kerzen gab es schon seit vielen Jahren nicht mehr, aber Jacqueline war es gelungen, einen ganzen Karton bei einem kleinen Gemischtwarenhändler in der Rue des Orphelins in Strasbourg zu bekommen. Perot würde staunen.

Lacour maulte. „Ich schaffe es gerade noch, meinen Geliebten ein Geschenk zu machen, aber was soll ich schon einem Kerl schenken." Mit glasigem Blick goß er nach. Noch bevor Jacqueline ablehnen konnte, hatte er auch ihr Glas wieder gefüllt. Der trainierte Kellner holte unaufgefordert die nächste Flasche aus dem

Kühlgerät.

Lacour sah sie an. „Stell dir vor", erzählte er, „ich kenne da jetzt eine Brünette ..."

„Eine Brünette?", fiel ihm Jacqueline ungläubig ins Wort. „Was machst denn *du* mit einer Brünetten?"

„Laß mich erzählen, mein Piepmatz", sagte Lacour und senkte die Stimme. „Stell' dir vor, ich schaue die an und denke mir, das gibt es doch nicht. Sie ist brünett, aber sie gefällt mir!"

„Nein!", rief Jacqueline mit gespielter Empörung.

„Doch!", sagte Lacour. „Und ich denke mir, da stimmt was nicht. Und was soll ich dir sagen, Zuckerpüppchen, die hatte sich die Haare gefärbt. Ich hatte doch gleich was gespürt. Sie hatte wunderschöne, rote Haare, und dann färbt sie die!"

Jacqueline tat entsetzt. Dann lachte sie Lacour an. „Mein armer, armer Patrick. Deine Sorgen möchte ich haben! Du und deine Schönheiten mit den roten Haaren! Sag' mir doch einmal, wie machst du das eigentlich?"

„Wie mache ich was? Du machst dich doch nicht etwa über mich lustig?", fragte er mißtrauisch.

„Aber nein. Wirklich nicht. Es würde mich sehr interessieren. Ich kenne doch einige deiner Freundinnen, wenn auch manche nur vom Sehen. Aber sie sind tatsächlich alle rothaarig und sehr schlank, und sie sind wunderschön. Und du bekommst sie alle."

„Wundert dich das vielleicht?", fragte Lacour und streckte die Brust heraus. „Bei so einem Mannsbild? Mir kann man ganz einfach nicht widerstehen."

Die neue Flasche kam. Lacour wartete, bis die Gläser wieder voll waren und setzte dann fort.

„Nein, mein Vögelchen. Im Ernst. Ich glaube, es liegt an der Art, wie ich mein Leben führe. Es ist unkonventionell, eben ganz anders. Und das macht mich interessant. Und dazu mein sprichwörtlicher Charme ..."

Jacqueline betrachtete ihn eingehend. Lacour war beileibe keine Schönheit. Aber mußte ein Mann schön sein? Er strahlte

Männlichkeit aus, ohne wie ein Macho zu wirken. Er war groß und kräftig, wenn auch für ihren Geschmack zu füllig. Sein mächtiger Bart war beeindruckend. Sie konnte sich gut vorstellen, daß seine Erscheinung in Verbindung mit seinem Lebensstil und seine hohe Intelligenz große Anziehungskraft ausüben konnte. Aber sie liebte ihn als Freund ihres Geliebten und auch als ihren Freund, auf den sie sich jederzeit verlassen konnte. Sie gestand sich ein, daß sie in diesem Fall keine Wertung mehr vornehmen konnte.

Er bemerkte, daß sie ihn musterte und mußte lachen. „Mein Häschen, ich werde dich doch nicht aus dem Konzept bringen?" Er griff nach ihren Händen und hielt sie fest. „Du bist mir doch vielleicht eine! Mann, hat Daniel ein Glück, daß du keine roten Haare hast! Aber wer weiß, vielleicht in einem anderen Leben ..."

Sie fühlte sich ertappt und schämte sich.

„Du bist sehr hübsch, wenn du rot wirst", sagte Lacour. Er ließ ihre Hände los und widmete sich wieder dem Champagner. „Was soll ich dir sagen. Ich liebe die Frauen, und wenn sie rote Haare haben, bin ich ganz verrückt nach ihnen. Aber ich gäbe langsam etwas dafür, die Frau meines Lebens zu finden."

Jacqueline starrte ihn überrascht an.

„Ja, wirklich. Ich habe da jemand kennengelernt, ganz süß. Sie hat einen kleinen Jungen. Vielleicht, wenn Sie mich haben will ..."

Jacqueline war perplex. „Ich bin überrascht, aber auch sehr erfreut", sagte sie, nachdem sie sich wieder gefangen hatte. „Bitte, erzähle mir doch mehr von ihr."

Doch Lacour hatte das Gefühl, bereits mehr gesagt zu haben, als gut war, und er verschloß sich wie eine Auster. Er konnte nicht ahnen, daß Jacqueline und Perot in einigen Monaten in einem Mietshaus im Quartier Pietralba vor jener Frau mit ihrem Jungen stehen würden, die er so liebte wie keine andere zuvor. Jacqueline versuchte noch einige Male, ihn anzubohren, aber er blieb standhaft und begann als Ausgleich mit ihr zu schäkern.

Sie lachten und scherzten noch eine geraume Zeit, und Jacqueline hatte mehr getrunken, als ihr lieb war. Als sich das Lokal langsam leerte, brachen sie auf. Lacour setzt Jacqueline in sein Auto und brachte sie bis zur Wohnungstür. Er achtete noch darauf, daß sie die Tür sorgfältig verschloß und ging dann nachdenklich zurück zu seinem Auto.

Jacqueline genehmigte sich doch noch einen kleinen Pastis und ließ sich ein Bad ein.

Ein Geräusch an der Tür riß sie aus ihrer Erinnerung. Zuerst dachte sie, Perot käme zurück, aber der hätte sicher angeläutet und würde nicht noch einmal einbrechen. Sie stand rasch auf, lief auf leisen Sohlen zu der Stehlampe, und löschte das Licht. Dann zog sie rasch die Schuhe aus und schlich in die kleine Küche. Sie ließ die Tür einen Spalt offen und sah hinaus.

Die Wohnungstür ging plötzlich auf. Jacqueline hörte die Geräusche, als jemand in den Vorraum trat und die Tür wieder verschloß. Plötzlich ging das große Deckenlicht an. Hier hatte jemand keine Angst, entdeckt zu werden. War das Patrick?

Doch es waren zwei fremde Männer, die in das Zimmer traten. Beide waren groß und muskulös, der Ältere hatte einen grauen Bart und eine Stirnglatze. Er trug einen teuren Anzug, der ihm aber nicht paßte. Sein Mund hing schief und er hatte eine verbogene Nase. Der Junge war ein Athletentyp mit Gel in den Haaren. Er zog auch gleich einen Kamm aus der Gesäßtasche und fuhr sich durch das Haar. Er trug eine sehr enge Jean und über einem dünnen, weißen T-Shirt eine schwarze Lederjacke.

„He", machte der Ältere. „Haben wir beim letzten Mal die Vorhänge zugemacht?"

„Weiß ich nicht", sagte der andere. „Was suchen wir hier noch?"

„Der Chef meint, wir sollen nochmal alles durchsehen. Es muß einen Grund geben, warum der Schnüffler aus Paris plötzlich da ist."

„Aber wir haben doch alles durchsucht", jammerte der Junge. „Da war doch nichts. Wir haben doch fast alles mitgenommen."

„Halt die Klappe. Galat sagt, wir sollen suchen, also tun wir das auch. Sicher ist sicher. Und vergiß nicht, nachher wieder den Postkasten zu kontrollieren."

Jacqueline spürte ihr Herz im Hals schlagen. Was sollte Sie bloß tun? Die Männer würden sicher auch die Küche durchsuchen. Sie könnte schreien. Aber würde Sie jemand hören? Die Männer würden sie dann auf jeden Fall entdecken. Sie blickte sich um. Der Küchenschrank stand nicht ganz in der Ecke, aber der Spalt war für sie zu eng. Fieberhaft suchte Sie weiter. Sie versuchte, ganz leise eine Schranktür zu öffnen, um sich drinnen zu verstecken. Die Tür knarrte leise. Sie hielt kurz inne, aber nichts rührte sich. Sie versuchte wieder, die Tür zu öffnen, als plötzlich das Licht in der Küche anging und der Alte vor ihr stand.

„Also habe ich doch richtig gehört", sagte er grinsend. „Nicolas!", rief er in das Wohnzimmer. „Schau mal, was wir hier haben."

Nicolas kam in die Küche. Er riß die Glubschaugen auf, als er Jacqueline erblickte.

„Die ist ja Klasse!", rief er aus.

„Was machst du hier, du Nutte", fragte der Alte.

Jacqueline schluckte und brachte kein Wort heraus.

„Mann, die ist ja Klasse!", wiederholte Nicolas begeistert. „Komm, Robert, ficken wir sie! So was Feines hast du doch in deinem ganzen Leben noch nicht gehabt!"

„Laß sie in Ruhe", sagte Robert.

Jacqueline atmete auf.

Robert stellte sich vor sie und sah sie an. Er hatte einen derart unbeschreiblichen Mundgeruch, daß Jacqueline angewidert das Gesicht verzog. Nicolas kam nach vorne und legte ungeniert seine große Hand auf ihre Brust. Er tastete sie ab. Jacqueline schloß entsetzt die Augen.

„Siehst du, es gefällt ihr. Sie wird schon geil", sabberte Nicolas.

Robert schlug seine Hand weg. „Weg mit den Pfoten."

„Schau mich an", sagte er zu Jacqueline. Er streichelte ihr Haar. „Was tust du hier? Ich frage dich nur einmal, und lüge mich ja nicht an."

„Ich ... ich ... ich warte hier auf meinen Freund", stotterte Jacqueline mühsam. „Er muß jeden Moment kommen."

„Hast du gehört", sagte Robert. „Sie wartet auf ihren Freund. Das hier ist nämlich die Busstation oder ein Café." Er schlug ihr ohne Vorwarnung ins Gesicht, und Jacqueline ging in die Knie.

„He", rief Nicolas. „Nicht kaputtmachen. Wir brauchen Sie noch. Und ich mag es nicht, wenn sie schon am Anfang bluten."

Jacqueline war eine Augenbraue geplatzt und Blut rann ihr über das Gesicht.

„Was machst du hier, Nutte?", sagte Robert. „Und versuch' nicht noch einmal, mich anzulügen."

„Bitte, was soll ich Ihnen sagen, es ist die Wahrheit!", flehte sie.

Robert boxte sie in den Magen, und sie klappte röchelnd zusammen. Hart fiel sie zu Boden.

„Mann, wie kannst du das immer nur machen? Warum schlägst du die Frauen? Mußt du immer alle zusammenschlagen?", fragte Nicolas.

„Ich stehe auf das, ich bin dann besser", sagte Robert schwer atmend und deutete auf Jacqueline, die sich am Boden krümmte. „Komm, hilf mir mal. Die ist wirklich super. Das lassen wir uns nicht entgehen."

„Und der Freund?"

„Ach, Quatsch, die Hure lügt doch. Sie lügen alle."

Sie packten Jacqueline unter den Schultern und zerrten sie ins Wohnzimmer. Als Robert sah, daß sie schreien wollte, hieb er ihr ins Gesicht.

Nicolas rief: „He! Ich hab's schon einmal gesagt. Mach sie nicht so kaputt! Wir haben dann nichts mehr von ihr."

„Die Fresse ist unwichtig." Robert lachte. „Da drinnen ist ein Schlafzimmer. Komm, wir legen sie auf das Bett."

Sie hoben Jacqueline auf das Bett. Nicolas hielt sie nieder und befingerte sie. Sie wehrte sich aus Leibeskräften, hatte aber gegen den großen Mann keine Chance. Sie versuchte, ihn zu kratzen und ihm in die Augen zu fahren, aber er bog ihren Arm so zurück, daß sie vor Schmerz aufschrie. Er gab ihr eine gewaltige Ohrfeige, und Jacqueline sank in sich zusammen.

Robert ging in das Vorzimmer und kehrt mit einem Werkzeugkasten zurück. Er öffnete ihn und entnahm ihm eine Rolle Textil-Isolierband.

„Jetzt geht's los", krächzte er zu Nicolas.

Mit einem einzigen Griff riß der Jacqueline den Rock vom Leib. Der Anblick ihrer tadellosen Figur und der weichen, glatten Haut ließ ihn erfreut glucksen.

Robert umfaßte ein Fußgelenk und fesselte das Bein mit dem Isolierband an das Bettgestänge. Das gleiche tat er mit dem zweiten Bein. Nicolas drückte sie mit seiner mächtigen Hand fest ans Bett und würgte sie mit der zweiten. Robert band jetzt die Arme an das Gestell. Jacqueline war jetzt wie gekreuzigt an das Bett angebunden.

„Nicht schreien, meine kleine Wildkatze", flüsterte er. „Es tut nur etwas weh."

Dann standen beide auf.

Nicolas riß ihr den Slip von den Hüften. „Mann, oh, Mann", sagte er.

Robert faßte sich an den Hosenschlitz. „Und jetzt werden wir dir etwas Schönes zeigen, du kleine geile Larve, du", sagte er.

Perot und Azan fuhren vor dem Haus vor. Sie fanden gleich einen Parkplatz. Perot schlich müde zu dem Haustor, und Azan folgte ihm. Perot drückte den Klingelknopf bei Rioux. Als sich nichts rührte, drückte er wieder und wieder.

„Warum macht sie nicht auf?", fragte Azan.

„Was weiß ich", sagte Perot, den plötzlich ein übles Gefühl überkam. „Schnell, machen Sie die Tür auf."

Azan lief zurück zum Wagen und holte das Pennal. In Sekunden öffnete er die Tür. Sie stürmten zum Lift. Der war ganz oben.

Perot rannte auf das Stiegenhaus zu. „Fahren Sie mit dem Lift!", rief er Azan zu und hastete die Treppen in dem stockfinsteren Stiegenhaus hinauf. Auf halben Weg hörte er, wie ihm jemand entgegen gelaufen kam.

„Halt!", schrie Perot, doch die Schritte kamen rasch näher. Er konnte nichts sehen und plötzlich prallte jemand mit der Wucht einer Dampfwalze gegen ihn. Er fiel einige Stufen zurück und schlug wie wild zur Seite. Er hörte einen Knochen brechen und einen Schmerzensschrei. Dann bekam er einen Schlag in den Magen und ging zu Boden. Der oder die anderen stiegen über ihn und rannten weiter.

Perot kam gurgelnd wieder auf die Beine und kletterte, so schnell er konnte, die Treppe hinauf. Als er oben ankam, war die Tür zur Nachbarwohnung offen, und die Rothaarige stand mit dem Kind auf dem Gang. Im Schein der Vorzimmerbeleuchtung hantierte Azan an dem Schloß. Er öffnete die Tür und sie rannten in die Wohnung.

„Jacqueline!", schrie Perot. „Jacqueline!" Er hörte ein leises Geräusch aus dem Schlafzimmer. Er stürmte in das Zimmer und sah die an das Bett gefesselte Jacqueline. Sie war bis auf die zerrissene Bluse völlig nackt, und blutete stark vom Kopf.

„Jacqueline!", rief Perot. „Um Gottes Willen!" Er nestelte umständlich an dem Klebeband herum. „Verdammt, holen Sie eine Schere!", schrie er Azan an. „Und rufen Sie die Rettung!"

„Jacqueline, mein Liebling. Bitte nicht!", flüsterte er verzweifelt. „Bitte, sag' etwas!"

Sie öffnete die verschwollenen Augen. „Daniel!", flüsterte sie. „Mir ist so kalt!"

„Ja, mein Schatz", sagte er und zog den Bettüberwurf heraus. Er bedeckte damit ihre Blöße. „Gleich habe ich eine Schere und hole dich hier raus."

Er versuchte vorsichtig, sie auf das Kinn zu küssen. Aber sie wimmerte leise, und Perot ließ ab.

„Wo bleibt die verdammte Schere!", rief er, als Azan in den Raum stürmte.

„Hier!", sagte der und reichte ihm eine große Papierschere.

Perot schnitt die Fesseln ab und massierte ihre Handgelenke.

Die Rothaarige kam herein. „Die Rettung ist unterwegs."

„Danke", sagte Perot. „Könnten Sie mir etwas Wasser und ein Tuch bringen, bitte?"

„Kommt gleich", rief die Nachbarin und verschwand.

Azan trat zu dem Bett. „Wie geht es ihr?", fragte er.

„Ich hoffe gut", sagte Perot, der plötzlich Tränen in den Augen hatte. Er wollte sie so gerne umarmen!

„Sie sehen aber auch nicht besonders aus", meinte Azan.

Erst jetzt bemerkte Perot, daß er zerschunden und zerschlagen war. Etwas Blut sickerte aus einer Kopfwunde, und sein Sakko war beschädigt. Er fühlte sich hundeelend.

Er blieb neben ihr sitzen und streichelte ihren Arm. Sie hatte die Augen geschlossen und blieb ganz ruhig. Nachdem die Nachbarin Wasser in einer Schüssel gebracht hatte, wusch Perot vorsichtig etwas Blut aus Jacqueline's Gesicht. Er stellte erleichtert fest, daß es sich nur um eine Platzwunde handelte.

Dann endlich kam die Rettung. Als sie Jacqueline wegtrugen, ging Perot mit. Zu Azan sagte er: „Bitte, bleiben Sie hier und sprechen Sie mit der Gendarmerie. Ich fahre mit ins Krankenhaus."

„Gut", sagte Azan.

„Vielen Dank", sagte Perot. „Sie sind ein wirklicher Freund. Vielen Dank für alles."

Dann folgte er der Tragbahre.

Perot ging auf dem Gang vor dem Untersuchungszimmer nervös auf und ab. Es war jetzt kurz nach Mitternacht, und in dem großen Haus herrschte Ruhe. Niemand war zu sehen. Die Untersuchung von Jacqueline dauerte jetzt schon eine dreiviertel Stunde, und er wußte noch immer nichts über ihren Zustand.

Gleich nach der Ankunft im Zentralspital von Ajaccio hatte man ihn notdürftig verarztet. Er hatte Glück gehabt; außer der Kopfwunde, die schnell genäht worden war, und ein paar angeknacksten Rippen, hatte er nur ein paar Abschürfungen und blaue Flecke davongetragen.

Eine Tür ging auf und ein Weißbekittelter trat auf den Gang. Perot machte kehrt und lief auf den Mann zu.

„Monsieur Perot?", fragte der. „Ich bin Doktor Morazani." Er hielt Perot die Hand zum Gruß hin.

Perot nahm sie und fragte hastig: „Wie geht es ihr, Doktor?"

„Kein Grund zur Aufregung", beruhigte der Arzt. Perot atmete erleichtert hörbar aus. „Sie wird wieder. Was die Vergewaltigung angeht, hat sie ein Riesenglück gehabt. Ist der Kerl gestört worden?"

„Ja, von mir. Aber ich glaube, es waren sogar zwei. Ich konnte sie nicht sehen. Es war stockdunkel. Und weiter?"

„Nun, sie hat einige Schläge auf den Kopf bekommen; sie hat eine schwere Gehirnerschütterung. Eine Platzwunde an der Augenbraue. Sonst im Gesicht Gott sei Dank keine Verletzungen, außer Kratzern und blauen Flecken. Nase, Zähne, Kiefer, alles in Ordnung. Der kleine Finger der linken Hand ist gebrochen. Eine Sache macht mir aber noch Sorgen: Sie muß einen furchtbaren Schlag in den Magenbereich bekommen haben. Allein aus diesem Grund möchte ich sie gerne für einige Tage hierbehalten."

Er sah Perot's entsetzten Blick. „Machen Sie sich keine Sorgen, Monsieur Perot. Es wird wieder alles gut. Wir werden den Magen-Darm-Trakt gründlich untersuchen; es handelt sich vermutlich nur um eine Quetschung. Ich will aber sichergehen."

„Und wie sieht es mit der Psyche aus?", fragte Perot. „Ich muß Ihnen sagen, daß sie schon einmal vergewaltigt worden ist."

„Das haben Sie gewußt?", staunte der Arzt. „Sie hat uns das erzählt und gebeten, ihnen nichts zu sagen."

„Ja, ich habe es über Freunde erfahren. Ich habe nicht mit ihr darüber gesprochen, weil die Sache relativ frisch war und ich gesehen habe, daß sie die Angelegenheit gerade mit sich selbst ausmacht. Ich wollte ihr nicht zusätzlich wehtun."

„Das war eine kluge Entscheidung", stellte Morazani fest. „Und wie ist sie über die Schmerzen gekommen?"

„Was für Schmerzen?", fragte Perot erstaunt. „Sie hat Schmerzen?"

„Das haben Sie nicht gemerkt? Es muß manchmal höllisch weh getan haben. Man muß ihr bei der ersten Vergewaltigung sehr übel mitgespielt haben. Gott sei Dank wird das einmal vergehen, aber bis jetzt war es noch nicht so weit."

Perot ließ sich völlig perplex auf einen Sessel fallen. „Sie hat mich nichts merken lassen ...", stammelte er. „Sie hat mich nichts merken lassen ..."

„Das ist eben die Liebe", lächelte der Arzt, um dann ernst fortzufahren: „Sie hat sicher nicht immer Schmerzen, aber das kommt schubweise. Es ist ein Glück, daß sie jetzt nicht weiter verletzt worden ist. Aber was ihre Psyche anbelangt, kann es Schwierigkeiten geben. Sie wird viel Liebe brauchen."

„Ich werde alles tun, was ich kann", rief Perot. „Ich glaube, sie liebt mich sehr, und deshalb werden wir es schaffen."

„Das ist die richtige Einstellung. Helfen Sie ihr, dann bin ich sehr zuversichtlich."

Perot sprang von seinem Stuhl auf. „Kann ich sie sehen?", bettelte er.

„Sie hat schon nach ihnen gefragt", sagte der Arzt. „Aber sie wird gerade gewaschen und verbunden. Die Schwester wird sie dann rufen. Aber bleiben Sie bitte nur ein paar Minuten, ich habe ihr ein starkes Beruhigungsmittel gegeben. Sie wird dann schlafen."

„Ich danke Ihnen vielmals, Doktor", lächelte Perot glücklich und schüttelte ihm die Hand. „Ich werde hier warten."

„Auf Wiedersehen, und alles Gute ihnen beiden", sagte Morazani und ging davon.

Perot setzte sich wieder. Die Gedanken stürzten auf ihn ein. Er wußte nicht, was er zuerst denken sollte. Hätte er Jacqueline doch nicht in der Wohnung zurückgelassen! Überhaupt, warum mußte er dort hingehen? Er quälte sich mit Selbstvorwürfen. Unruhig nahm er seine Wanderung auf dem Gang wieder auf. Die Minuten schlichen dahin und er verzehrte sich vor Sehnsucht nach ihr.

Plötzlich ging eine Schwingtür auf und ein Mann in Begleitung zweier Gendarmen trat auf den Gang. Als sie näher kamen, erkannte Perot den Mann: Es war Alain Rouard. Perot klinkte aus. Er stürmte auf Rouard zu, so daß dieser erschreckt zurückwich. Die beiden Uniformierten packten Perot an den Schultern und hielten ihn zurück.

„Sie elender Mistkerl!", schrie Perot. „Haben Sie jetzt endlich genug? Jetzt haben Sie es wirklich geschafft, Sie Feigling! Warum haben Sie sich nicht mit mir angelegt! Warum vergreifen sich Ihre Arschlöcher an einer unschuldigen Frau! Sie wollten mich treffen? Das ist Ihnen gelungen!"

Er wollte sich losreißen, doch die Gendarmen hielten ihn fest.

„Lassen Sie mich los", schrie er. „Ich bringe ihn um!"

„Hören Sie zu, Perot!", rief Rouard. „Ich habe mit der ganzen Sache nichts zu tun. Hören Sie auf und beruhigen sie sich. Glauben Sie mir. Verdammt nochmal, kein Mensch hätte Ihnen je etwas getan. Ich wollte Sie nur in Angst versetzen. Ich weiß jetzt, daß ich das nicht hätte tun sollen, aber es ist passiert. Ich habe mit dieser tragischen Sache nichts zu tun."

„Und das soll ich Ihnen abkaufen?", schrie Perot.

Mittlerweile waren Pfleger und Schwestern aus den umliegenden Gängen herbeigeeilt und beobachteten die Szene.

„Sie müssen mir glauben, Perot", sagte Rouard. „Ich habe mich über Ihre Artikel maßlos aufgeregt und ich habe gesehen, wie die Kollegen unter ihren Angriffen gelitten haben. Ich habe Sie gehaßt, und geliebt hat Sie hier niemand. Aber ich sage Ihnen, ich wollte Sie nur einschüchtern. Es tut mir leid."

Man konnte Rouard ansehen, daß ihm der letzte Satz sehr schwer gefallen war.

Perot schüttelte die Hände der Gendarmen ab. „Auf Ihre Entschuldigung scheiße ich", sagte er verärgert. „Was wollen Sie hier?"

„Wir nehmen die Ermittlungen auf. Ich wollte mit Ihnen den Tatablauf rekonstruieren und mit Madame Bertin sprechen."

„Wagen Sie es nicht, sich ihr zu zeigen", brauste Perot auf. „Nach den Schweinereien, die Sie über sie gesagt haben, verbiete ich Ihnen, sie auch nur anzusehen. Schicken Sie jemand anderen. Aber erst morgen, verstehen wir uns?"

„In Ordnung", sagte Rouard bitter. „Kann ich mit Ihnen über die Sache sprechen?"

„Vergessen Sie's. Ich komme morgen vorbei. Aber sorgen Sie dafür, daß Sie weit weg sind und daß ein anderer den Fall behandelt, sonst kann ich für nichts garantieren. Mir wird schlecht, wenn ich Sie nur sehe." Er blickte ihn scharf an. „Dafür werden Sie bezahlen, Rouard, dafür mache ich Sie fertig." Er drehte sich um und ließ die Männer stehen.

Eine Schwester trat zu ihm. „Monsieur Perot, Sie können jetzt hinein."

„Danke!", rief Perot und ging schnell in das Zimmer.

Perot trat an das Bett. Er sah Jacqueline an. Sie war ganz blaß und hatte die Augen geschlossen. Sie trug einen großen Kopfverband und eine Mullbinde über dem Auge. Zwei Pflaster klebten an ihren Wagen. Perot sah zahlreiche blaue Flecken. Sie war bis zum Hals zugedeckt.

„Hallo, mein Mädchen", sagte er leise.

Sie öffnete die Augen. „Daniel", flüsterte sie. Ihre Augen füllten sich mit Tränen.

Er beugte sich über sie und küßte sie vorsichtig auf die Nasenspitze. Er setzte sich an den Bettrand.

„Wie geht es dir?", fragte er.

„Es war schon besser", antwortete Sie langsam. „Wie geht es denn dir?", fragte Sie erschrocken, als sie seine Verletzungen sah.

116

„Keine Angst, Liebes. Das sieht nur wild aus. Es ist nichts."

Sie versuchte zu lächeln und wollte mit dem Kopf nicken, aber sie verzog nur schmerzlich den Mund. „Mein Kopf!", jammerte sie.

„Ganz ruhig liegen bleiben", sagte Perot. Er wollte so gerne ihre Hand halten, getraute sich aber nicht, sie zu berühren.

„Ich bin so müde", flüsterte sie.

„Du hast ein Beruhigungsmittel bekommen. Du wirst gleich schlafen." Er streichelte sie vorsichtig mit einem Finger am Hals, an dem Würgemale zu sehen waren. Wenn er die Burschen in die Finger kriegen würde!

„Daniel", seufzte sie ganz leise. Sie hatte die Augen wieder geschlossen.

„Es ist gut, mein Schatz. Schlaf jetzt, damit du wieder ganz gesund wirst. Ich komme gleich morgen wieder, da geht es dir dann besser."

Er beugte sich wieder zu ihr, um ihr einen Kuß auf die Nasenspitze zu geben.

„Daniel", flüsterte sie. „Es waren zwei Leute von Galat."

„Was?", sagte Perot verdutzt.

Sie öffnete die Augen.

„Bevor sie mich fanden hat einer von ihnen Galat's Namen erwähnt."

Perot war fassungslos. Jetzt geht es aber los, dachte er. Doch zuerst wollte er Jacqueline beruhigen.

„Es ist gut, Jacqueline. Schlaf jetzt. Wir sprechen morgen."

Er küßte sie vorsichtig. Sie schloß wieder die Augen und schlief sofort ein.

Perot verließ leise das Zimmer.

Auf dem Gang wartete Azan.

„Wie geht es Madame Bertin?", fragte er besorgt.

Perot's Blick hellte sich auf, als er ihn sah.

Er klopfte ihm auf die Schulter. „Monsieur Azan, alter Freund.

Es geht ihr den Umständen entsprechend gut."

„Gott sei Dank", sagte der.

„Erst jetzt komme ich dazu, Ihnen für alles zu danken. Bitte verzeihen Sie mir, wenn ich Sie in den letzten Stunden angefahren habe. Aber das war der Streß."

„Keine Ursache, Monsieur Perot. Jetzt ist nur wichtig, daß Madame Bertin schnell wieder gesund wird."

„Das ist wahr." Er riß den Mund zu einem Gähnen auf. „Ich muß noch schnell die Gendarmerie anrufen."

„Wieso?", fragte Azan. „Die waren doch gerade da? Ich habe sie wegfahren gesehen, als ich kam."

„Jaja, das stimmt. Die fangen an zu ermitteln. Aber ich muß Ihnen was erzählen. Kommen Sie, setzen wir uns hierher."

Sie nahmen auf den Besucherstühlen Platz.

Perot berichtete Azan über seinen Verdacht, was Galat anbelangte, und daß Jacqueline seinen Namen von den Vergewaltigern gehört hatte.

Azan war entsetzt. „Aber, das ist doch nicht möglich. Es muß sich um einen Irrtum handeln. Wissen Sie, wer Monsieur Galat ist? Das ist ein ausgesprochener Ehrenmann, der viel für die Bevölkerung getan hat!"

„Ich glaube, er hat alle getäuscht." Er erzählte Azan von der Verbindung Lacour und Galat.

„Das ist ja furchtbar", sagte Azan. „Wenn das wahr ist? Aber nur die Aussage von Madame Bertin, daß sie den Namen gehört hat, wird doch nicht ausreichen, um Monsieur Galat zu verhaften? Was haben die Beamten dazu gesagt?"

„Die wissen noch nichts. Jacqueline hat mir gerade erst davon erzählt. Deshalb rufe ich jetzt an. Ich glaube zwar auch, daß diese Aussage noch nichts bewirken wird, aber ich möchte erreichen, daß Jacqueline bewacht wird."

„Wieso? Was glauben Sie denn?"

„Nun, es gibt doch jetzt einige Fingerzeige auf Monsieur Galat. Ein bekannter Fotograf, der Probleme mit ihm hatte, ist ver-

118

schwunden, und ein Einbruch wird in seinem Namen begangen."

„Ja, schon. Aber das ist doch sehr konstruiert. Es bleibt doch nur der Einbruch. Ihr Freund kann wer weiß wo sein."

„Da haben Sie recht. Deswegen werde ich für Beweise sorgen, daß Monsieur Galat Dreck am Stecken hat. Ich werde gleich morgen damit anfangen. Aber Jacqueline ist ein Ohrenzeuge, den man vielleicht mundtot machen will. Ich rufe jetzt an." Sie erhoben sich.

„Sie machen gar nichts", entgegnete Azan freundlich. „Ich mache das. Sehen Sie sich einmal an, Sie sind völlig kaputt. Einen Stock tiefer gibt es ein kleines Automatenbüffet. Trinken Sie einen Kaffee. Ich erledige das und komme gleich nach."

„Danke, alter Freund", krächzte Perot, der plötzlich seine Erschöpfung spürte. „Sie haben recht. Ich gehe einen Kaffee trinken."

Er ging zwei Schritte weg, machte aber plötzlich kehrt. „Verlangen Sie einen gewissen Massol. Er hat mir seinen Dienstgrad nicht genannt, aber er ist der Chef. Achten Sie darauf, daß Sie nicht an einen Typen mit dem Namen Rouard kommen. Ich kriege das Gefühl nicht los, daß der Kerl irgendwie mit in der Sache steckt."

„Mache ich", sagte Azan und ging zu den Telefonzellen am Ende des Ganges.

Perot saß mit geschlossen Augen vor den Automaten und hielt einen Plastikbecher mit Kaffee in der Hand, als Azan zu ihm kam.

Perot stand stöhnend auf. „Und?"

„Alles in Ordnung", sagte Azan. „Ich habe Massol erreicht. Er hat nicht viel gefragt, sondern gleich zugestimmt. Eine Wache ist unterwegs."

„Gut", brummte Perot und nahm einen Schluck vom heißen Kaffee.

„Ich habe auch mit dem Arzt, der die Nachtschicht leitet, gesprochen. Er setzt bis zum Eintreffen der Wache eine Schwester zu Madame Bertin ins Zimmer. Sie können also ganz beruhigt sein."

„Danke, das war sehr umsichtig." Perot gähnte wieder und

streckte sich, soweit seine beleidigten Rippen das zuließen.

„Sie sehen fürchterlich aus, mein Freund", sagte Azan. „Kommen Sie, hier können Sie nichts mehr tun. Ich bringe Sie nach Hause. Schlafen Sie sich aus, damit Sie morgen wieder bei Kräften sind."

„Sie haben recht." Perot trank den Kaffee bedächtig aus und warf den Becher in einen Mülleimer.

Sie gingen langsam durch die menschenleeren Hallen des großen Spitals. Der Nachtportier grüßte sie freundlich und öffnete ihnen die Tür. Als sie auf dem großen Vorplatz standen, sog Perot gierig die Luft ein.

„Was für eine schöne Nacht! Und ich hatte gedacht, wir könnten einen Urlaub genießen", klagte er.

„Das kommt noch", meinte Azan.

„Können Sie mich morgen nochmals nach Sartene fahren, zu dem geschlossenen *Arc-en-ciel*? Ich möchte nicht mit meinem Wagen fahren, weil ich ihn dort abstellen müßte und man könnte ihn dann womöglich sehen. Aber Sie könnten mich dort absetzten und verschwinden. Ich möchte mir das dort genauer anschauen."

„Ich komme mit."

„Nein, das ist keine gute Idee. Nichts für ungut, mein Freund, aber Sie sind nicht mehr der Jüngste und machen auch keinen sehr sportlichen Eindruck. Außerdem können Sie mir viel besser anderweitig helfen. Sie sind der Einzige hier, der die Zusammenhänge kennt. Wenn ich innerhalb einer gewissen Zeit nicht zurückkomme, gehen Sie zur Gendarmerie."

„Wäre es nicht klüger, das Ganze überhaupt der Gendarmerie zu überlassen?"

„Wo denken Sie hin. Was ich in der Hand habe ist viel zu dünn, auch wenn ich davon überzeugt bin. Und ich befürchte, daß die hier für mich sowieso keinen Finger krumm machen. Das werden sie aber müssen, wenn ich nur irgend etwas entdecke", fügte er hinzu.

Sie gingen zu dem Taxi, das am Rand des Platzes parkte. Azan öffnete die Türen mit einer Fernsteuerung.

„Bitte, steigen Sie ein", sagte er.

Perot ging um den Wagen herum zur Beifahrertür. Er hatte gerade die Hand auf den Türgriff gelegt, als er hinter sich eine Bewegung wahrnahm. Er wollte sich umdrehen, doch da explodierte etwas in seinem Kopf. Perot sank bewußtlos zusammen und fiel hart auf die Straße.

Perot erwachte mit gräßlichen Kopfschmerzen. Er wollte mit beiden Händen seinen Kopf betasten, konnte aber die Arme nicht heben. Irgend etwas hielt sie zurück. Mühsam öffnete er die Augen. Er saß auf einem massiven Stuhl, und seine Hände waren mit Lederriemen an den Lehnen angebunden. Er befand sich in einem exklusiven Wohnraum, der mit wertvollen antiken Möbeln eingerichtet war. In einem großen Schrank konnte Perot schwere, alte Bücher erkennen. Ein riesiger, vermutlich tonnenschwerer Tisch bildete den Mittelpunkt des Raumes, dahinter stand ein massiger, hochlehniger Fauteuil, der mit Leder bezogen war. An einer Wand befand sich ein offener Kamin, der so groß war, daß man ihn mühelos betreten konnte. Es war aber kein Feuer angemacht. Die schweren Vorhänge des Raumes waren geschlossen und es brannte nur eine kleine Lampe, die auf dem Tisch stand. Der ganze Raum strahlte Gediegenheit aus. Soweit Perot sehen konnte, war er in dem Zimmer allein.

Seine Gedanken überschlugen sich. Was war passiert? Er war vor dem Spital niedergeschlagen worden. Was hatten sie mit Azan gemacht, hat man ihn auch hierher gebracht? Wo war er überhaupt? Wie lange war er bewußtlos gewesen?

Plötzlich ging eine kleine Tür auf, und ein Mann betrat den Raum. Perot schätzte ihn an die sechzig Jahre. Er war schlank, mittelgroß und hatte weißes, volles Haar. Seine Haut war tief sonnengebräunt. Der Mann machte einen sehr vitalen, sportlichen Eindruck. Er trug einen teuren Maßanzug und handgefertigte, italienische Schuhe. Mehrere kostbare Ringe zierten seine Finger.

Der Mann trat vor Perot hin. „Ah, Monsieur Perot!", rief er. „Auch schon erwacht. Wie fühlen Sie sich?"

„Miserabel", sagte der. „Wo bin ich? Wer sind Sie?"

„Nur schön langsam mit den jungen Pferden", sagte der Mann jovial und lehnte sich an die schwere Tischplatte. „Sie haben eine Spritze bekommen und geschlafen wie ein Baby. Was macht der Kopf? Ich hoffe, man hat Sie nicht zu stark beschädigt."

„Wo bin ich? Wer sind Sie?", wiederholte Perot.

„Oh, ich dachte, Sie kennen mich", sagte der Mann, etwas enttäuscht. „Jeder hier kennt mich. Darf ich mich vorstellen: Jean-Marie Galat." Er machte eine leichte Verbeugung.

Perot sah ihn mißtrauisch an. Der Löwe, dachte er. Und das ist wahrscheinlich die Höhle des Löwen.

„Willkommen in meiner bescheidenen Hütte", bestätigte Galat.

„Sind wir in Sartene?"

„Aber nein. Wir sind hier in einem meiner kleinen Häuschen im Wald", antwortete Galat.

Perot stellte sich vor, wie wohl ein großes Häuschen im Wald aussehen mußte.

„Was wollen Sie von mir?", fragte er. „Wieso bin ich angebunden? Es stimmt also, sie haben hier irgend etwas laufen."

„Was wissen Sie", fragte Galat. „Und wer weiß noch davon?"

„Ich weiß alles", bluffte Perot. „Und ich habe alles einer Vertrauensperson mitgeteilt." Er hoffte, Azan befand sich in Freiheit. Es gäbe keinen Grund, ihn auch zu entführen. Niemand konnte ahnen, daß Azan in die Angelegenheit verwickelt war. Er war nur der Taxifahrer.

„Sie meinen Monsieur Azan?", fragte Galat spitz.

In Perot zerbrach etwas. Er bemühte sich, ruhig zu bleiben. „Monsieur Azan? So heißt doch der Taxifahrer. Was soll der damit zu tun haben?", tat er überrascht. „Haben Sie den etwa auch niederschlagen lassen?"

„Nein, nein", wehrte Galat ab. „Warum sollte ich so etwas tun?" Er beugte sich nach hinten und drückte einen Knopf auf der

Tischplatte. Die kleine Tür sprang auf und Azan trat ein. „Er gehört doch zu uns", setzte Galat hinzu.

Perot klappte der Unterkiefer herunter. Fassungslos starrte er Azan an.

„Na, ich sehe, die Überraschung ist gelungen", sagte Galat.

„*Bacciardu cume a scopa*", sagte Perot langsam.

„Was?", machte Galat.

„*Verlogen wie eine Baumheide*", übersetzte Azan. „Ein Sprichwort, das ich ihm erklärt habe."

„Monsieur Azan ist ein alter Gefährte aus meiner Zeit in Lyon", erzählte Galat. „Ein sehr zuverlässiger Mann. Einbruchspezialist. Wie Sie sehen, ist auf ihn immer Verlaß."

„Ein Verräter", stammelte Perot hilflos. „Das schlimmste sind immer die Verräter." Azan sah zu Boden.

„Zur Sache", sagte Galat. „Sie werden mir zu gefährlich, obwohl Sie praktisch nichts wissen. Aber Sie machen zuviel Wind. Leider ist die Panne mit Madame Bertin passiert. Ich weiß nicht, warum die beiden Idioten über sie hergefallen sind. Aber sie hat meinen Namen gehört, und das ist nicht gut."

Perot blickte ihn entsetzt an.

Galat nahm seinen Blick auf. „Azan hat natürlich nicht die Bullen angerufen, sondern mich. In Kürze wird einer meiner Männer aufbrechen, um die Sache zu erledigen."

Perot bäumte sich auf, aber die Riemen hielten ihn zurück. „Sie Wahnsinniger!", rief er. „Lassen Sie die Frau in Ruhe!"

„Mäßigen Sie sich", befahl Galat. „Sonst muß ich Sie ruhigstellen lassen."

Perot sackte zusammen. „Hören Sie, Galat. Ich weiß nicht, was hier läuft, aber die Frau kann Ihnen nicht gefährlich werden. Sie hat Ihren Namen gehört, na und? Sie kann sich geirrt haben. Sie haben einen tadellosen Ruf. Sie kann Ihnen nicht an."

„Es ist viel zu gefährlich. Ein kleiner Stich, und die Sache ist erledigt. Herzanfall. Die Aufregung war wohl zuviel für sie."

Perot röhrte auf. Er entwickelte große Kräfte und riß an dem

Stuhl. Azan wurde nervös.

Galat lehnte sich zurück und sagte in die Sprechanlage: „Schwester Nadine, kommen Sie bitte."

Sofort ging die kleine Tür auf und eine ältliche Frau in Schwesterntracht kam herein. Sie ging zu dem tobenden Perot und entnahm einem Etui eine vorbereitete Spritze. Sie stach die Nadel in den Hals von Perot und injizierte eine klare Flüssigkeit. Nach einigen Sekunden wurde er ruhig. Er ließ den Kopf hängen. Galat und Azan machten kehrt und verließen den Raum.

Perot wußte nicht, wieviel Zeit vergangen war, als die beiden das Zimmer wieder betraten.

„Nun, wie geht es? Haben Sie sich beruhigt?", fragte Galat freundlich.

„Lecken Sie mich am Arsch."

„Regen Sie sich nicht mehr auf, Monsieur Perot. In kurzer Zeit sind Sie nur mehr Futter für die Würmer." Galat machte eine Pause. „Dann bin ich endlich mit der ganzen Sippe fertig", setzte er befriedigt hinzu.

Perot hob den Kopf. „Haben Sie auch etwas mit dem Verschwinden von Lacour zu tun?"

„Das will ich doch hoffen. Dieser Abschaum hat mich in Lyon fast geschafft. Damals ist er mir noch entwischt. Und jetzt, soviele Jahre später, kam mir der Kerl wieder in die Quere. Er hatte von meinen Geschäften mit Jugoslawien Wind bekommen und tauchte hier auf. Gott sei Dank hat ihn Robert beim Fotografieren gesehen."

„Der Film in der Kamera, was? Er ist weg. Sie haben ihn", sagte Perot.

„Woher wissen Sie von dem Film?", fragte Galat erstaunt.

Azan klärte ihn über die Geschichte mit dem Filmlabel auf.

„Sieh da. Es sind tatsächlich immer wieder die Kleinigkeiten. Nun. Wie dem auch sei." Er ging zur anderen Seite des Tisches und öffnete eine Lade. Er nahm ein Kuvert heraus und kam wieder zu Perot. Er entnahm dem Kuvert ein Foto und hielt es Perot vor

124

die Nase. Perot ahnte, daß es aus weiter Entfernung aufgenommen war, denn es wirkte wie eine starke Vergrößerung. Auf dem Bild sah Perot einen betonierten Platz. Ein älterer aber muskulöser Mann mit grauem Bart und schiefer Nase eilte in gebückter Haltung über den Platz. Er schleifte einen auf dem Boden liegenden nackten Jungen, vielleicht vier oder fünf Jahre alt, hinter sich her. Das Kind lag auf dem Rücken und hatte den Mund zu einem Schrei geöffnet. Der Mann hat ein Handgelenk des Kindes umfaßt und zerrte es so den Boden entlang. Mit der anderen Hand zeigte der Mann in Richtung des Fotografen. Er blickte genau in die Optik. Er mußte erkannt haben, daß er soeben fotografiert wurde.

„Das ist in Sartene", erklärte Galat. „In unserem Kinderdorf."

„Was macht der da mit dem Kind? Und wieso ist es nackt?"

Galat lächelte süßlich. „Der Junge war uns entwischt."

„Entwischt? Wovon entwischt? Was machen Sie mit den Kindern?" Plötzlich ging ihm ein Licht auf. „Die Sache in Lyon!", rief er. „Sie sind ein Pädophiler. Sie vergehen sich an den Kindern!"

„Nur ein ganz kleines bißchen", sagte Galat trotzig. „Sie haben keine Ahnung was hier läuft. Sie können sich das nicht einmal vorstellen." Und zu Azan gewandt sagte er: „Der Kerl hat wirklich nicht die mindeste Ahnung."

Perot starrte ihn verwirrt an.

Galat hatte einen irren Ausdruck in den Augen. „Wir stellen hier beste Ware her, für die Höchstpreise bezahlt wird."

„Ich verstehe nicht, was Sie meinen." Perot kämpfte mit dem Beruhigungsmittel.

„Mann, sind Sie begriffsstutzig. Wir machen hier Filme. Die besten Filme, die Sie für Geld bekommen können! Ich habe aus meinem Hobby einen Beruf gemacht", fügte er stolz hinzu.

„Sie machen hier Kinderpornos?", fragte Perot fassungslos.

„Kinderpornos!", äffte ihn Galat verächtlich nach. „Kinderpornos sind was für Pappi und Mammi und den Kleinen Mann von der Straße. Wir produzieren hier harte Ware für einen Markt der Reichen und Superreichen. Bei uns ist alles echt."

Perot erschauderte. „Sie sind ja der Teufel persönlich!", rief er aus.

„Sie beschämen mich", sagte Galat geschmeichelt.

„Ich habe schon gehört, daß es so etwas geben soll. Aber ich habe immer gedacht, das geschieht in den Ländern der Dritten Welt, wo die Kinder ganz einfach von den Straßen verschwinden, sei es für solche Schweinereien oder auch als Organspender."

„Ja, das stimmt", bestätigte Galat. „Ein einträgliches Geschäft. Aber es gibt zu viele Anbieter. Das verdirbt die Preise. Aber ich habe eine Nische entdeckt. Haben Sie sich die Kosovaren schon einmal genau angesehen? Ein schöner Menschenschlag! Sie haben hellhäutige Frauen mit blonden Haaren, und erst die Kinder! Bei uns kaufen die Kunden, die das Material mit den Hungergestalten aus den Slums oder den mageren, struppigen Straßenkindern nicht mehr sehen können. Wir haben feines, weißes Material."

Vor Perot drehte sich alles im Kreise. „Das ist ja ungeheuerlich", stammelte er. „Und Lacour hat das entdeckt. Er muß bei seiner Mission im Kosovo etwas erfahren haben. Wo ist er überhaupt? Halten Sie ihn gefangen?"

„Bin ich verrückt? Ich habe ihn erledigen lassen, nachdem ich mich ein bißchen gerächt hatte."

„Was! Er ist tot? Sie haben ihn umbringen lassen?" Trotz des Medikaments riß er wieder verzweifelt an seinen Fesseln. „Mörder! Mörder!", schrie er. „Machen Sie mich los!"

„Reißen Sie sich zusammen, Perot", rief Galat. „Das ist das Risiko dieser Schnüffler. Es war mir eine Freude, diese miese Type endlich garzumachen. Um ein Haar hätten sie mich damals erwischt, wegen dieses blöden Fotos. Und es hat mich eine Stange Geld gekostet, aus der Sache unbehelligt herauszukommen. Und jetzt war der Kerl plötzlich wieder da und gefährdet mein ganzes Geschäft mit Jugoslawien. Anhänglich wie eine Klette. Aber dieses Mal hab' ich ihn erwischt."

Perot war völlig fertig. „Das ist ja alles ein Alptraum. Ein einziger Alptraum. Das kann doch überhaupt nicht sein."

„Ihr Freund hat sich in etwas eingemischt, was ihn nichts angeht", sagte Galat. „Und er hat die Rechnung dafür bekommen. Dabei verstehe ich nicht, was der eigentlich wollte. Ich liefere den Leuten doch nur, was sie verlangen. Und der Krieg bietet eine Menge Möglichkeiten."

„Sie sind ja krank", sagte Perot.

„Ach was", winkte Galat verärgert ab. „Da steckt jede Menge Geld drinnen. An so einem Krieg verdient die halbe Welt, warum also nicht auch ich? Um die Kinder schert sich in dem Chaos sowieso kein Mensch. Die sind dort noch so schlecht organisiert, daß keinem Schwein etwas auffällt. Eine günstige Gelegenheit! Wir sorgen hier für einen großen Durchlauf, da fällt niemals auf, daß ab und zu einer fehlt. Noch dazu, wenn es sich um Waisen handelt, nach denen keiner mehr fragt und die nicht einmal registriert sind."

Perot wurde übel. Er übergab sich auf seine Hose.

Galat sprang angeekelt zurück. „Das ist ja grauenhaft. Und wie das stinkt." Zu Azan sagt er: „Stehen Sie hier nicht herum, sondern tun Sie was. Wenn das Zeug auf meinen Teppich läuft!"

Azan lief hinaus und kam nach kurzer Zeit mit Handtüchern und einem Glas mit Wasser wieder. Die Tücher breitete er auf dem Boden aus. Das Wasser schüttete er Perot ins Gesicht. Galat wandte sich ab.

Als sich Perot gefangen hatte, setzte Galat seine Erklärungen fort. „Die Kinder verbringen hier einen herrlichen Urlaub, bei Spaß und Spiel und bester Betreuung. Und einige picken wir uns dann heraus. Die dürfen dann mit den schönen Frauen und Männern. Das sind die sauberen Filmchen. Die Kinder bleiben dann noch hier und machen einen schönen Urlaub. Und irgendwann fahren sie wieder zurück und sind glücklich. Und sollte dort je ein Kind einmal etwas sagen, hört sowieso niemand hin. Es sind ja nur Kinder! Aber das ist nur das Groschengeschäft, Kleingeld."

Perot fürchtete sich, weil er ahnte, was jetzt kommen würde.

„Aber die wirklich reichen Kunden", erzählte Galat im leichten Plauderton, „haben ganz andere, ausgefallene Wünsche. Unglaublich, was so einem richtigen Sadisten alles durch den Kopf geht. Und glauben Sie ja nicht, daß sich das nur auf Männer beschränkt! Zu unseren besten Kunden zählen Frauen aus der ersten Gesellschaft, wenn Sie verstehen, was ich meine. Für die arbeiten wir dann auf Bestellung."

„Ich kann das nicht hören, Sie Ausgeburt der Hölle. Halten Sie Ihr Maul. Details interessieren mich nicht."

„Schade", seufzte Galat. „Das hätte Ihnen sicher gefallen!"

„Mir wird kotzübel, wenn ich Sie sehe", fauchte Perot. „Sie gehören dringend zu einem Arzt, oder, noch besser, man hängt Sie gleich auf."

„Sie verstehen nichts", sagte Galat. „Fragen Sie sich lieber, warum die Gesellschaft alles, was nicht einer festgefahrenen, schmalen, puritanischen Linie entspricht, verdammt und in die Illegalität verdrängt. Wohin hat das geführt? So ziemlich alles, was die Leute in Sachen Sex interessiert, bewegt sich im Schatten. Außer der Missionarsstellung ist alles verboten und abnormal, aber jeder tut es. Sex mit Kindern war in der Antike völlig normal und gesellschaftlich akzeptiert, genauso wie Homosexualität oder Sodomie. Und heute? Sehen Sie sich einmal die Umsätze der Pornoindustrie an! Und sie hören doch, was sich in kirchlichen Heimen, Sozialstationen, Jugendlagern, ja in den vier Wänden der braven Bürger abspielt! Haben Sie gewußt, daß nach Schätzungen jedes zweite Mädchen in den Vereinigten Staaten mißbraucht wird, und zwar von der eigenen Familie? Und woher kommt das?"

„Wir leben nicht mehr in der Antike. Es ist eine Errungenschaft unserer Zivilisation, daß Wehrlose vor Abfall, wie Sie einer sind, geschützt werden. Und darum werden Leute wie Sie auch mit aller Härte verfolgt. Das werden Sie wohl nie verstehen. Aber sagen Sie mir noch: was machen Sie mit Ihren armen Opfern aus den, wie Sie sagen, Bestellungen? Pflegen Sie die womöglich wieder gesund? Zur mehrmaligen Verwendung?"

„Wieso?", stutzte Galat. „Die sind doch tot!"

Perot konnte nicht mehr. Noch ein Wort und er würde wahnsinnig werden.

Doch Galat war schon am Ende. „Sie ermüden mich, Monsieur Perot. Außerdem wird es Zeit für Sie. Über Leute wie Sie fahren wir drüber." Zu Azan sagte er: „Holen Sie Robert und schaffen Sie mir den Kerl aus den Augen."

Nach wenigen Minuten betrat ein Mann den Raum. Perot erkannte ihn trotz eines großen Verbands über der Nase: Es war der Mann von dem Foto.

„Monsieur Perot, darf ich Ihnen Robert vorstellen", sagte Galat. „Den Verband hat er übrigens Ihnen zu verdanken. Sie haben ihm im Stiegenhaus das Nasenbein gebrochen."

Perot richtete sich auf. „Was, das ist der Mistkerl, der sich an Jacqueline vergangen hat?", schrie er.

„Ein ganz tolles Weib", schwärmte der. „Schade, daß Sie zu früh gekommen sind. Sie hätten Sie nicht wiedererkannt."

Perot tobte. Galat wich erschrocken zurück. Robert trat zu Perot und schlug ihm mit der Handkante ins Genick. Perot war sofort bewußtlos.

„Sie sollen ihn doch nicht hier erledigen, sie blöder Affe", feixte Galat.

„Der ist noch nicht hinüber", sagte Robert mit Kennerblick. „Der kommt gleich wieder."

Wie auf Befehl öffnete Perot wieder die Augen. Er stöhnte. Robert zog einen Revolver aus der Tasche und zielte auf Perot.

Zu Azan sagt er: „Nimm ihm die Fesseln ab. Aber achte darauf, daß du nicht in die Schußlinie gerätst."

Doch Perot war völlig ausgepufft. Das Medikament und die Aufregung der ganzen Nacht hatte ihn erledigt. Er brachte es nicht einmal zusammen, Azan einen Verräter zu schimpfen.

„Los, kommen Sie", befahl Robert und stellte ihn mit einer Hand auf die Füße. „Wir gehen. Da lang."

„Auf Nimmerwiedersehen", sagte Galat.

Er und Azan sahen dem ungleichen Paar nach.

Sie traten auf einen großen Platz vor dem Haus. Es war heller Tag, und Perot kniff seine brennenden Augen zusammen. Verzweifelt dachte er an Jacqueline. War jetzt alles zu Ende?

„Weitergehen", sagte Robert. Er deutete auf einen kleinen Wagen, der am Rand des Platzes stand. „Los, dorthin."

Sie kamen zu dem Auto. Robert, der die Waffe immer auf Perot gerichtet hielt, öffnete die Fahrertür. „Sie fahren", sagte er, „und keine Tricks."

Perot war alles egal. Er war völlig abgestumpft. Er setzt sich auf den Fahrersitz und wartete.

Robert war auf die hintere Sitzbank geglitten und drückte Perot den Lauf der Waffe in den Nacken. „Losfahren."

Perot startete den Wagen und würgte ihn beim Wegfahren gleich wieder ab.

„Keine Zicken", warnte Robert.

Perot startete wieder und sie fuhren auf eine kleine, unbefestigte Straße hinaus. Soweit Perot blicken konnte waren nur die Hänge der umliegenden Berge zu sehen, bedeckt mit der prächtig blühenden Macchia.

Sie kamen auf der schlechten, einspurigen Straße nur langsam voran. Die Hänge fielen von der Straße steil ab und Perot fuhr in seinem geschwächten Zustand sehr vorsichtig.

Sie kamen an einem wunderschönen, alten Kastanienbaum vorbei. Perot mußte lächeln. Wie sehr hatte Jacqueline diese schöne Insel geliebt! Jacqueline! Wenn er schon sterben mußte, warum konnte er sie nicht retten! Zorn stieg in ihm auf. Zorn, wegen der Ausweglosigkeit seiner Lage, und dem Bewußtsein, daß diese Teufel davonkommen würden. Die Straße stieg plötzlich steil an. Perot konnte in ein schönes Tal blicken. Ein Stück weiter vorne konnte er eine scharfe Kurve erkennen.

Ich habe nichts mehr zu verlieren, dachte Perot plötzlich und stieg aufs Gas. Der Wagen machte einen Satz nach vorne.

„He", schrie Robert. „Wollen Sie uns umbringen? Langsam

fahren!" Er preßte ihm den Lauf des Revolvers fest ins Genick.

Doch Perot zog den Kopf weg und drehte sich nach rechts. „Das ist für Jacqueline!", schrie er und hieb Robert mit der Faust auf die gebrochene Nase.

Der jaulte auf. Ein Schuß löste sich und zerbröselte die Seitenscheibe. Sie rasten auf die Kurve zu. Perot öffnete die Wagentür und ließ sich hinausfallen. Eine Sekunde später stürzte der Wagen in den Abgrund.

Perot, der schwer zerschunden auf der Straße lag, hörte den Aufprall. Er kam hoch und wankte zu dem Abgrund. Der Wagen brannte lichterloh.

„Und das war für dich, du Stück Dreck!", schrie Perot in das Tal.

Dann blickte er sich um. Er brauchte sofort ein Telefon, um Jacqueline zu retten, wenn es nicht schon zu spät war. Aber er war völlig allein. Weit und breit war weder ein Haus noch sonst irgend ein Zeichen menschlicher Zivilisation zu sehen.

Er fing an, den Weg zurückzulaufen. Auch wenn es sein Leben kosten würde: Er mußte zurück in das Haus, aus dem sie gekommen waren.

Der Weg war weit und Perot war in einem sehr schlechten körperlichen Zustand. Aber der Gedanke an Jacqueline gab ihm Kraft. Er wußte nicht, wie lange er mechanisch vor sich hergelaufen war, als er endlich nach einer Kurve die weißen Mauern des Anwesens erblickte.

Perot sprang sofort in die Büsche. Das Areal war bis auf die schmale Zufahrt von einer hohen, steinernen Mauer umgeben. Die Einfahrt war bewacht, schied also aus. Perot schlich die Mauer entlang, um eine günstige Möglichkeit für einen Überstieg zu erkunden. Mehrmals war er vorsichtig auf die Mauer geklettert, aber die Lage war jedesmal aussichtslos gewesen. Er hätte das Haus niemals ungesehen erreicht. Er sah eine Reihe von parkenden Autos. Er überlegte kurz, ob er nicht versuchen sollte, einen Wagen zu stehlen. Aber er wußte nicht einmal, wo er war, und auch nicht, ob eine Ansiedlung in der Nähe war. Perot vermutete, daß sich Galat für seine „Waldhäuschen" schon einsame Plätzchen ausgesucht hatte. Selbst wenn es ihm gelingen würde, einen Wagen zu starten, wer weiß, wie lange er zu einem Telefon brauchte.

Er verwarf den Plan. Er mußte unbedingt ins Haus. Wenn auch eine Flucht ausgeschlossen schien, konnte er Jacqueline retten, und er würde versuchen, Galat und Azan mit in die Hölle zu nehmen.

Plötzlich sah er einen Einstieg in der Mauer. Er kletterte langsam hinauf und schob den Kopf vorsichtig über die Kante. Die Lage war günstig, erkannte er. Er befand sich jetzt an der Rückseite des Hauses, wo der Wirtschaftstrakt untergebracht war. Eine Türe stand weit offen, wahrscheinlich um für etwas Durchzug zu sorgen. Da viele Kartons mit der Aufschrift einer Supermarktkette herumstanden, vermutete Perot, daß er den Eingang zur Küche entdeckt hatte.

Perot frohlockte. Vielleicht gab es in der Küche sogar ein Telefon? Galat ließ seinen Koch sicher nicht aus dem Herrschaftsraum bei den Lieferanten anrufen.

Er setzte gerade zum Sprung an, als er hinter sich einen trockenen Ast knacken hörte. Perot erstarrte.

„Das würde ich lieber nicht tun", sagte eine Stimme hinter ihm. „Kommen Sie da runter."

Alle Kraft wich aus Perot. Er überlegte noch, ob er sich auf den Angreifer fallen lassen sollte, aber dann rutschte er geschwächt von der Mauer. Er drehte sich um.

„Rouard", erkannte er den Mann und ließ mutlos die Schultern sinken. „Sie also auch. Eigentlich bin ich nicht überrascht, Sie hier zu sehen. Jetzt ist alles aus. Sie haben gewonnen."

„Was soll das heißen?", fragte Rouard. „Sagen Sie mir lieber, was da drinnen los ist! Ich bin hier, um Ihnen zu helfen!"

Perot schreckte auf. „Was? Sie gehören nicht zu denen?" Er packte Rouard am Arm.

„Nein, natürlich nicht!" sagte der verblüfft. „Aber kommen Sie weg von der Mauer, bevor man uns sieht. Wir sind da hinten!"

Sie liefen gebückt ein Stück durch den Buschwald. Dort stand ein Einsatzwagen der Gendarmerie und ein Zivilfahrzeug.

„Ich erzähle Ihnen sofort alles", keuchte Perot. „Aber bitte, Sie müssen sofort im Krankenhaus anrufen. Es ist jemand unterwegs, um Jacqueline zu töten. Sie müssen sie sofort bewachen!"

„Beruhigen Sie sich. Ich habe Sie seit unserem Gespräch im Spital beobachten lassen. Ein Kollege hat sofort, nachdem Sie niedergeschlagen und mit dem Taxi weggebracht worden sind, mit seinem Privatwagen die Verfolgung aufgenommen. Der zweite Mann ist im Spital geblieben und hat mich angerufen. Ich haben Madame Bertin sofort zwei Wachen vor die Tür gestellt. Aber ich rufe trotzdem an."

Er verschwand in dem Wagen.

Perot mußte sich an einen Baum lehnen. Er stand unter schwerem Schock und weinte plötzlich hemmungslos. Als er sich wieder etwas gefangen hatte, erzählte Perot den fassungslosen Beamten im Telegrammstil, was er über die Verbrechen der Herren Galat und Konsorten erfahren hatte.

Rouard forderte sofort Verstärkung an. Anschließend setzte er sich neben Perot, der auf den Boden gerutscht war.

„Wir haben angenommen, daß Sie noch im Haus bei den anderen sind", erklärte er. „Der Kollege, der Sie verfolgt hat, verfügt in seinem Wagen über keinen Funk. Als er das Taxi auf dieses Gelände fahren sah, machte er kehrt und rief uns vom nächsten Telefon aus an. Wir sind erst seit einigen Minuten hier."

„In der Zwischenzeit wollten die mich kalt machen", krächzte Perot. „Wenn Sie die Straße einige Kilometer weiter fahren, werden Sie ein brennendes Auto finden. Ich habe es in den Abgrund gelenkt. Der Kerl, der mich mit der Waffe bedroht hat, müßte drinnen noch grillen. Er war übrigens einer von Jacqueline's Vergewaltigern."

„Hören Sie, Perot", sagte Rouard. „Ich möchte mich bei Ihnen und Madame Bertin entschuldigen. Ich weiß gar nicht, wie ich das alles wieder gutmachen kann."

„Sie haben Jacqueline durch Ihre Umsicht das Leben gerettet. Ich verzeihe Ihnen, was Sie wollen."

Perot reichte ihm die Hand. Rouard packte und schüttelte sie.

Die Gendarmerie und Einsatzkräfte der CRS hatten das Anwesen im Handstreich genommen und die völlig überraschten Bewohner verhaftet. Es war zu keiner Gegenwehr gekommen.

Perot, der sich schon wieder besser fühlte, wurde ungeachtet seiner Proteste mit der Rettung in das Spital von Ajaccio gebracht. Dort wurde er wieder zusammengeflickt und konnte sich richtig ausschlafen. Als er erwachte, wartete bereits eine überglückliche Jacqueline auf ihn.

Einige Tage später besuchten sie auf eigenen Wunsch mit Rouard die Stelle in der Macchia, an der die bedauernswerten Opfer vergraben worden waren.

„Die Toten hätte man nie gefunden", sagte Rouard. „Was die Macchia einmal hat, gibt sie nicht mehr her. In diesem endlosen Buschwald haben sich seit Jahrhunderten Menschen vor der Vendetta, der Blutrache, versteckt. Niemand weiß, wie viele nicht mehr wiedergekommen sind."

Dann gingen Perot und Jacqueline zu jener Stelle, an welcher der Leichnam von Lacour verscharrt worden war. Dort wartete bereits eine rothaarige Schönheit, die einen kleinen Jungen an der Hand hielt.

Jacqueline umarmte die Frau und drückte den Jungen an sich. Sie weinten leise.

Perot starrte auf das Grab seines Freundes. „Auf Wiedersehen, Patrick, in einer besseren Welt", sagte er.

Rund um das Grab blühte die Macchia.